女ゲームに転生したら、悪役令嬢が推しを
略していました。仕方ないので諦めて自由
生きようと思います。

月神サキ
Saki Tsukigami Presents

fairy kiss

この作品はフィクションです。
実際の人物・団体・事件などに一切関係ありません。

乙女ゲームに転生したら、悪役令嬢が推しを攻略していました。
仕方ないので諦めて自由に生きようと思います。

序章　転生したみたいだけど

私、ローズベリー・テリントンは、クランブル王国に住む、テリントン侯爵の娘だ。

髪色がピンク色ということでそこはちょっと珍しいかもしれないけど、どこにでもいる、普通の……侯爵家を普通と言っていいのかは分からないが、それでも普通の女。

つい最近、社交界デビューも済ませ、友人たちと楽しく毎日を過ごしていた……のだけれど。

「……何、これ」

場所は王城の廊下。

父からのお使いで登城していた私は、信じられない思いで目の前の光景を見ていた。

金髪碧眼《へきがん》の目の覚めるような美女が、ふたりの見目良い男性に囲まれている。

彼女の名前は、リリス・ランダリア。財務大臣で公爵家の当主である父を持つ、自身は華やかな容姿を誇る社交界一の美女だ。

男性たちも有名で、ひとりはプラート・ラインという名前の、国の第一騎士団の団長。

ライン辺境伯の次男で、爽やかな男前だ。

もうひとりはテレス・リーゼという最近公爵位を継いだ、私の幼馴染《おさなな》み。

傲慢な物言いが残念だが、本質はとても優しい男だ。

彼らはリリスを取り合っているようで、バチバチとお互いに睨《にら》み合っていた。

そんな彼らに、リリスは困ったような顔をしていたが、どこか楽しそうにも見える。

見目良く、社会的立場もある男性ふたりに言い寄られているのだ。普通に良い気分なのだろう。

それは分かる――って。

「いやいやいや、そうじゃない」

今、自分に起こった出来事が信じられなくて、つい現実逃避をしてしまった。

ぼうっと廊下の真ん中で突っ立っていたので、慌てて端に寄る。なんとなくだけれど、柱の陰に隠れた。

「ど、どういうこと？」

バクバクと心臓が痛いくらいに鼓動を打っている。落ち着かせるように、胸を押さえた。

大きく深呼吸をし、小さく頭を振る。

そうして何かの間違いではないかと、再度、三人の様子を窺《うかが》い……耐えきれず空を仰いだ。

「見間違いじゃなかった……」

溜息《ためいき》と共に吐き出された声には、我ながら見事なほどに諦観が滲《にじ》んでいた。

柱に背中を預け、苦笑いをする。

今の今まで平穏に暮らしていたというのに、まさかここでそれが全部崩れてしまうとは思いもよらなかった。

だって先ほどの三人。

彼らを見かけた瞬間、思い出したのだ。

私が今の世界とは違う、別の世界――日本と呼ばれる国で生きていた時のことを。

そこでの私は普通の会社員で、毎日を忙しく過ごしていた。

趣味はゲーム。とはいっても、何度も繰り返すほどやりこむタイプではなく、一度クリアしてしまえば興味をなくしてしまう、その程度のユーザーだった。

ジャンルも雑多。流行ものには大体手を出していたと思う。

いわゆる乙女ゲームと呼ばれる、見目の良い男性との恋愛を楽しむゲームもいくつかプレイしてみたが、自分が好きだと思ったルート以外はやらなかった。

そんな私が、珍しく全ルートクリアしたのが『甘い罠《わな》にはご用心!? あなたは誰と恋をする』というタイトルの乙女ゲーム。

人気のシナリオライターとイラストレーター、声優を惜しみなく起用し、発売前から盛大に宣伝を打ち出し、満を持して売り出されたそれは、当時かなりの大ヒットとなった。

多少のミステリー要素もあり、繰り返すのもそこまで苦ではなく、私も楽しくプレイさせてもらったのだけれど。

「まさかのその世界に転生したとか……」

悪い冗談だと思いたかったが、どう考えてもそうとしか思えなかった。

何せ、先ほどの三人はそのゲームの主要キャラたちで（しかも男性はふたりとも攻略キャラだった)、名前も容姿も寸分違《たが》わず一致しているのだから。

それなりにやりこんだゲームなので、覚えている。

しかも、しかもだ。

「私がヒロイン……」

真《ま》っ直《す》ぐなピンク色の髪に緑の瞳。自分で言うのもなんだが、愛らしいと言って相違ない容姿。

そして極めつきが名前だ。

ローズベリー・テリントン侯爵令嬢。

ローズベリーという甘ったるい名前。どんなフワフワ、スイーツ脳な女なんだと思い、名前変更しようと決意したのにできなかったから覚えている。

その、極甘砂糖菓子のような名前の女に転生していたと知り、ある意味ものすごくショックだったが、すでに十九年『ローズベリー』として生きている身。

その辺りはとっくに馴染んでいるので、今更嫌だとかそういう感情は抱かなかった。

「ま、まあ……自分だしね。嫌がってもどうしようもないし」

それよりは、己の置かれた現状だ。

意を決し、柱の後ろから顔を出して三度、彼らの様子を窺う。

先ほどと状況は変わっていないようだ。ふたりの男性が互いを牽制《けんせい》しながら、女性に言い寄っている。

どう見ても彼らは女性——リリスのことを好いており、リリスもそれを悪くないと思っているようだった。

それを改めて確認し、柱の陰に再度隠れる。

首を傾げた。

「一体、どうなってるの？」

だけど、そう言いたくなるのもしょうがない。

だって、だってだ。

あのリリスという公爵令嬢、『甘い罠には〜』通称アマワナでの立ち位置は、いわゆる悪役令嬢というやつだったのだから。

リリスは色々なルートでヒロインの邪魔をしては、自滅していく役どころ。

昔の乙女ゲームには悪役令嬢役はいなかったのだけれど、私がプレイしていた頃はいるのが常識だった。

高慢で、ことあるごとに高笑いをする女。攻略キャラにちょっかいを出しては嫌われ、その恨みを何故《なぜ》かヒロインにぶつけてくる。

そんな役どころだったから、ゲームをしている時、リリスが出てくるとうんざりしていたものだ。

そのリリスが、ゲームの時とは立ち位置が全く違っている。

まるでヒロインのように男たちに囲まれているのだから、私の困惑度合いも分かってもらえるというものだろう。

リリスを取り合っている男性ふたりは攻略キャラで間違いないし、リリスが悪役令嬢役であることも確実だ。

それなのに、彼女は彼らに好意を向けられているのである。

たとえるのならそう——すでに攻略されてしまったかのように。

「……嘘《うそ》でしょ」

導き出した結論に愕然《がくぜん》とし、項垂《うなだ》れた。

正直、信じたくない。

すでに攻略キャラがふたり、悪役令嬢に攻略されてしまっている、だなんて。

しかもふたりのうちのひとりは、私の推しキャラだったのだ。

プラート・ライン騎士団長。

爽やか敬語キャラで、顔も声も好み。私は彼のルートが一番好きだった。

実際に恋愛できるのなら、間違いなく彼を選んだと言えるくらいには良い話だったと思う。

だが、その彼はどう見たって悪役令嬢リリスに夢中だ。

つまり、推しはすでに攻略不可能状態ということ。

せっかくヒロインに転生したと気づいても、彼と恋愛する選択肢はすでに潰《つい》えているのである。

「え、そんなのってあり?」

呆然《ぼうぜん》と呟《つぶや》く。

——乙女ゲームに転生したと気づいたら、すでに推しは攻略されていました。

そんな言葉が頭の中をグルグルと巡る。

なんというか最悪だ。

こうして、別に思い出したくもなかった私の波瀾《はらん》万丈の転生人生は、十九年という時間を経て、ようやく動き始めたのであった。

第一章　偶然の出会い

思い出すのが遅すぎた。

乙女ゲームの世界にヒロイン転生したのに、すでに推しが攻略されていたとか、自身の置かれた状況がちょっと理解できない。

「はは……ははは……」

ヒロインに転生した意味とは、と誰かに問いかけたい気分だ。

『ゲームの世界に転生したのなら、どうせだから楽しんでしまおう』もしくは『ゲームの世界に転生!?　私はそういうのとは関係のない世界で生きるの！』というのが大概の二択だと思うが、その二択すら与えられなかった。

そもそもゲーム自体始まっていないようだし。

このゲーム『アマワナ』は、主人公（つまり私）の社交界デビュー少し前から始まる。

主人公は様々な出会いイベントをこなし、自分が攻略したいキャラのルートへ行くのだけれど、そんなイベントが起こった記憶は全くなかった。

普通に日々を送っていたたし、社交界デビューだって結構な大型イベントがあったはずだが、何も起こらなかったと断言できる。

そこから導き出される結論はただひとつ。『ゲームは始まらなかった』である。

きっとそこにいる悪役令嬢リリスが攻略キャラを先に攻略したことによってなんらかのエラーが発生し、ゲームが始まることはなかった……的な感じなのだろう。

勝手な推測だけれど、多分間違っていないような気がする。

柱からそうっと身を乗り出し、まだ立ち去っていない三人を眺める。

私の推しだった騎士団長が、明らかに恋する瞳で悪役令嬢リリスを見ていた。それを残念だと思う気持ちは少しあるけれど、それ以上に彼女、リリスが元気そうにしている様子を見られて安堵《あんど》する思いの方が強かった。

だって、思い出したのだ。

この話『アマワナ』の悪役令嬢リリスは、作中で結構ひどい死に方をする。

どのルートでもリリスは、ヒーロー役の男性にちょっかいを出し、挙げ句の果てには嫌われて、自業自得で自滅。その最後は処刑だったり、自殺だったり、ヒーローに殺されたりと様々だが、絶対と言っていいほど死んでしまうのだ。

ゲームでのリリスは、正直、苛々《いらいら》させられたし、死んだところで何も思わなかった。

あくまでゲームだということもあったのだろう。そういうストーリーなのだと受け止めていたのだ。

でも、今は違う。

ゲームの世界に転生したといっても、ここは私たちにとって紛れもなく現実だ。

その中で、たとえ悪役令嬢という役どころを与えられていたとしても、ひとりの女性が亡くなることを看過できるはずがなかった。

ゲームが始まらなかったことで、悪役令嬢リリスは死の運命を免れた。

そう思えば、今のこの状況も素晴らしいものではないかと思うことができた……というか。

「もしかしなくても、リリスって転生者？」

幼い頃に記憶を取り戻し、死なないように努力し続けた。その結果が、今の彼女なのではないだろうか。

ゲームが始まらなかったのは、リリスの努力あってのことで、攻略キャラたちが彼女に熱を上げているのもその結果に過ぎないのではないだろうか。

何せ、ヒロイン役だったはずの私は、今の今までのほほんと生きてきただけなので。

ゲームをどうにかしようと動く時間なんてなかった。変えることができるとすれば、私と同じく転生者であり、ゲームを知っている存在だけ。

それが悪役令嬢に抜擢《ばってき》されてしまったリリスなのではないかと思ったし、そう考えれば全ての辻《つじ》褄《つま》は合うような気がした。

「……うん」

あなたは転生者ですか、なんて馬鹿な問いかけをする気はないが、リリスが死の運命から免れたこと自体は大いにめでたいことだ。

残念ながら私の推しは彼女に攻略されてしまったみたいだけれど、代わりにリリスが生きていると考えればむしろお釣りがくるのではないだろうか。

悪役令嬢は死ななかった。それどころか、攻略キャラと幸せになれる運命すら引き寄せている。己の努力で死の運命を乗り越えた彼女。是非、このまま幸せになってもらいたいと素直にそう思えた。

「そう、そうよね」

どうせ、今の今まで転生記憶なんてなかったのだ。

それなら私はこれまで通りに、日常を過ごせばいい。

無駄に転生知識ができてしまって、そこは思い出し損という気がしないでもないが、ゲームと関係なく日々を生きていけるのは悪くない。

下手にゲームが始まってしまったら、色々、それこそリリスのことで悩んだりとか攻略キャラは本当に私のことが好きなのだろうかとか考え出したりしそうだし、そう思えばむしろ今の展開は万々歳だと言えた。

「自由って最高。つまりそういうことよね」

結論を出し、頷く。

また、三人の様子を窺う。先ほどまでとは違って、子を見守る親のような気持ちになることができた。

皆が健やかに生きている。これ以上願うことなどあるだろうか。

にこにこと優しい気持ちで柱の陰から彼らを見守る。突然、背後から声が聞こえてきた。

「ふむ。男を侍《はべ》らせているあの女が羨ましいのか？」

「ッ⁉」

まさか誰かいるとは思わなかったので、ものすごく驚いた。慌てて振り返ると、そこには金髪碧眼の男性がひとり立っている。

「あ……」

目を見開く。男性は窘《たしな》めるような口調で私に言った。

「あまり趣味がいいとは言えないぞ」

「え、いや、あの……し、失礼致しました」

ひどく動揺していたが、それでもなんとか臣下の礼を取った。この人に対し、無礼な真似《まね》をすることだけは許されなかったからだ。

何せ彼は我が国、クランブル王国の現国王陛下。

即位して五年ほどの若き国王、エリック・クランブル当人に他ならなかったからだ。

がっしりとした体格の、端整な顔立ち。キリッとした目元と眉が格好良い。

だが、完璧な美形という感じではなく、少し隙がある感じだ。それが親しみやすさをもたらしている。

穏やかかつ明るい雰囲気で、笑い方が少し幼い。

彼は一見、その辺りにいる貴族たちと同じような格好をしていたが、やはり国王というだけあり、醸し出すオーラが違った。

軽い印象なのに、重厚さも感じる。疎《おろそ》かにできないというか不思議と目が離せないのだ。

彼は、もちろん『アマワナ』にも登場していたが、その完成されたヴィジュアルにもかかわらず攻略キャラではなかった。

当時、彼が攻略できないことをファンは非常に残念がり「どうか、彼を攻略できるファンディスクなり、続編なりを作って欲しい」という嘆願書を山のように公式に送った……などという話もあるくらいだ。

その後、彼が攻略キャラとして実装されたのかどうか私は知らない。

そこまで覚えていないし、興味もなかったからだ。ただ、男らしい風貌は私も嫌いではなかったし、彼が攻略キャラではないことを知った時は「このヴィジュアルと声で⁉ 嘘でしょ？」とは思った。

何せ、彼はキャラ設定もしっかりしていたので。

ゲームを始めた初期の頃、私は彼を隠し攻略キャラだと本気で信じ込んでいたくらいだと言えば分かるだろうか。

その、人気すぎる非攻略キャラ国王エリックが、私の目の前にいる。

——う、嘘でしょ。どうして国王陛下がこんなところに⁉

予想外すぎる出来事にパニックになる。

私が今いるのは王城ではあるが、入り口にほど近く、誰もが出入りできるような場所だ。

一番奥まった場所で皆に守られ、執務を執り行っているはずの国王がいるなんて思うはずもなかった。

「……」

失礼だと分かっていたが、それでも凝視してしまう。

他人のそら似ではと期待したが、間違いなく本人だった。

そもそもこんな国王オーラを出す人が他にいるとも思えない。

「あ、あの……陛下？　このようなところで何を……」

「それは私の質問だが。ずいぶんと熱心に彼らを眺めていたではないか。色男ふたりに言い寄られる女が羨ましかったのか？」

「へ？　いえ、違いますけど」

とんでもないと首を横に振る。羨ましいなんてそんなこと思うはずもなかった。

「誤解があるみたいですが、そんなこと思っておりません。私はただ、微笑《ほほえ》ましいなと思って見ていただけで」

「微笑ましい？」

「はい。だって、平和な光景じゃないですか。互いに牽制し合って、好きな人にアピールして。されている側も嫌がっている風にも見えませんし、青春だなあなんて思っていました」

……その青春を繰り広げているのが現公爵だったり辺境伯の息子の騎士団長だったり社交界で大人気の公爵令嬢だったりというのはどうなのかという問題はあるが、私にとっては微笑ましい光景なのだから仕方ない。

彼らに目を向けながらも言うと、何故か国王は驚いたような目で私を見た。

「あれを青春と言うのか？　なかなかに醜い恋愛模様だと思うぞ」

「そうですか？　可愛《かわい》いものだと思いますけど」

人の生き死にが、かかっていないのだ。

処刑がどうのという話でないのだから、十分平和で可愛らしいと思う。

私が本心から言っていることが分かったのだろう。国王はどこか呆《あき》れたように言った。

「……私が言うのもなんだが、ずいぶんと達観した意見だな。見たところ君はまだ十代のように思えるが。名は？」

二十八才の国王から『達観した』と言われるとは驚きだが、転生前の記憶を取り戻したことで、多少精神年齢が上がっているのだ。

いくつの時に、どうやって死んだのかは覚えていないが、元はとうに成人した女性だった。

多少、おばさんくさいことを言ってしまうくらいは許して欲しいなと思いながらも、国王に対する礼を取った。

「失礼致しました。私、ローズベリー・テリントンと申します」

「テリントン。テリントン侯爵の娘か。確か、年の離れた弟がいたな？」

「はい。テリントン侯爵は私の父です」

さすが国王だけあり、臣下の家族構成まできっちりと把握しているようだ。

私の身元が分かったことで国王も安心したのか、先ほどまでよりも砕けた表情になった。

ニコニコと人好きのする笑みを浮かべ、私に言う。

「そうだ。君、良かったら茶に付き合ってくれないか」

「……へ？」

「今から茶の時間なのだ。ひとりで食べても面白くないと思っていたところでな。うむ、ちょうどいいから君を連れて行こうと思う」

「へ、へ……は？」

「確か、侯爵はまだ王城にいただろう。彼には私から話をしておくから気にしなくていいぞ」

「へ、陛下？」

「ほら、ついてこい」

国王が歩き出す。

「……？？」

その場に棒立ちになる。

意味が分からない。

どうして私は国王にお茶に誘われているのか。そしてどうして返事をしていないのに、ついていくことがすでに確定してしまっているのか。

——考えても無駄よね。

分からないながらも、国王の言葉に逆らうのは得策でないことくらいは知っていたので、逆らうことはしなかった。溜息を吐《つ》きつつも彼に従う。

まあ、なんとかなるだろう。

そうしておっかなびっくりの私が連れて来られたのは、城の奥まった場所だった。それこそ私が最初に想像していたような、国王が執務をするに相応《ふさわ》しい部屋。

緋色《ひいろ》の絨毯《じゅうたん》が敷き詰められた室内は驚くくらいに広く、重々しい空気に満ちていた。

大きな執務机と、その上にはうずたかく書類が積み上げられている。その側《そば》には顔色を青くした侍従が三名いて、一緒にやってきた私を不審な顔で見ていた。

そのうちのひとりが勇気を振り絞り、国王に話しかける。

「……陛下？」

「すまんが休憩だ。外してくれ」

「……は、休憩ですか？　お言葉ですが、今の今まで休憩なさっていたのでは？」

「今までのは散歩だ。休憩とは違う。休憩は今から取る」

「陛下……また、ですか？」

誰が聞いても納得しないであろうことをいけしゃあしゃあと言ってのける国王。侍従たちは揃《そろ》って溜息を吐いた。その様子から、珍しい話ではないことが窺える。

現国王エリックと言えば、まだ若いにもかかわらずやり手で、皆からの尊敬も厚い……と聞いていたが、私の知っている話が嘘のような気がしてきた。

複雑な気持ちで、侍従と国王のやり取りを聞く。侍従たちは諦めたように私を見た。

「で？　その方は？　どこで引っ掛けてきたんです？」

「引っ掛けてきたとは失礼だな。彼女はテリントン侯爵の娘だ。城内を歩いているところを見つけてな、話が合いそうなので連れてきた。仕事に戻るまでには返すと約束するから、深くは問わないでくれ」

「……はあ」

「たまには息抜きも必要だろう。いいからほら、出て行け」

「……承知致しました」

不承不承ではあったが、侍従たちがぞろぞろと引き上げていく。私はただ連れて来られただけの被害者なのだけれど、何故だかとても申し訳ない気持ちになった。

侍従たちが出て行ったことで国王とふたりきりになる。彼は執務机の前にある応接セットに目を向けた。

「好きな場所に掛けてくれ」

「……いいんですか？」

「何が？　うむ、この場所が拙《まず》かったか？　私の執務室なのだが。茶のあとは仕事に戻らなければならないのだ。すまないが、ここで我慢して欲しい」

「そういうことを言いたいのではないのですけど……分かりました」

埒《らち》があかないので、素直にソファに腰掛けることにする。

さすが国王の執務室に設置されているものだけあり、素晴らしい座り心地だった。

柔らかすぎず、硬すぎない。腰にかかる負荷が軽減されるような気がした。

「失礼致します」

ドキドキしながらソファに座っていると、今度は女官たちがやってきた。彼女たちは銀のワゴンを押しており、その上には大きなガトーショコラがホールで乗っている。

女官たちが、ガトーショコラをかなり大きめにカットし、皿の上に置いてくれる。続いてティーカップに紅茶が注《つ》がれた。

紅茶からは芳《かぐわ》しい花の香りがして、緊張を少し解《ほぐ》してくれた。

「陛下」

「うむ。君たちは下がってくれ」

「かしこまりました」

女官たちが一礼し、執務室を出て行く。

「好みを聞かなくて悪かったが……大丈夫そうだな」

「う」

そんなに物欲しそうにしていただろうか。確かに美味《おい》しそうだなとは思っていたけれども。

侯爵家令嬢として情けないと思いつつも、なんとか取り繕い「お気遣いありがとうございます」と告げる。

「堅くならなくていい。とりあえず、食べてくれ」

「……いただきます」

勧められ、フォークとナイフを手に取る。

大きめにカットされたガトーショコラは、しっとりとして、とても濃厚なチョコレートの味がした。甘みは控えめで、何カットでも食べられそうだ。

「美味しい……」

思わず頬に手を当て呟くと、目の前の国王から「それは良かった」という言葉が返ってきた。

「うちの料理長は、チョコレート菓子が特に上手《うま》くてな。気に入ったのなら何よりだ」

「あ、ありがとうございます」

ニコニコと笑う国王に礼を言う。

そうして意を決し、ナイフとフォークを置いてから彼に告げた。

「それで……どうして私をこんなところまで連れてきたのですか？」

お茶に付き合え、が方便であることはさすがに気づいている。

私になんらかの用があり、わざわざ城の奥深く、国王の執務室という場所でふたりきりになったのだろう。

「私に何か聞きたいことでもありますか？」

リリスや攻略キャラたちを眺めていただけで、特に怪しい行動は取っていなかったとは思うが、それは私がそう思うだけで、国王が同じ判断をしてくれたとは限らない。

一体どんな意図があって、国王は私をこんな場所まで連れてきたのか。

その真意が知りたかった。

できるだけ真剣な顔で、国王を見つめる。国王はそんな私を見て目を丸くし、何故かぽりぽりと己の頬を掻《か》いた。

「いや、その、真剣に問われても困るのだが。そんな大した理由じゃない。畏《かしこ》まらないでくれ」

「……そう言われましても」

「本当に大した理由ではないのだ。その、な。黙ったままなのは公平ではないと思って」

「公平ではない？　どういう意味です？」

眉を寄せる。国王は何故かドヤ顔で告げた。

「実はな。あの三人を見ていたのは君だけではないのだ。私もずっと観察していた！」

「は……？」

思わずジト目で国王を見てしまった。そんな私の様子にも気づかず、国王は楽しげに語る。

「あの三人、皆、容姿が整っているだろう？　ものすごく目立つのだ。最初はなんとなく目につく程度だったし、気にも留めていなかったのだが、回数を重ねてくればその行く末も気になってくるというもの。今では彼らを見かければ、率先して出歯亀をするようにしている」

「出歯亀……」

そんなことを堂々と語らないで欲しい。

どこの世界に、出歯亀していると偉そうに告げる国王がいるというのだ。

……いるな。ここに。

なんだかなあという気持ちで国王を見る。国王は私が残念なものを見る目で見ていることに気づいているようだったが、幸いなことに指摘してはこなかった。

「今日もな、あの三人を見つけてこれ幸いと観察していたのだ。そこで気づいた。私と同じように彼らを見ている者がいることに。……君だ」

「はあ」

曖昧に頷《うなず》く。なんかもう、全てがどうでもよくなってきた。

だってここまで来れば分かる。絶対にくだらないどうでもいい話が続くだけだと。

「私は彼らの恋の行く末が知りたい。あの令嬢がどちらの男を選ぶのか、どんな結末を迎えるのかを見たいのだ。正直、今も三角関係みたいなものだろう？　これ以上、キャストが増えるのは困ると思ってな。私はドロドロの恋愛模様は好きだが、やりすぎは嫌いなのだ。つまり四角関係までは望んでいない。だから、今の彼らの関係を変えてしまう可能性があるのなら全力で阻止させてもらおうと思い、声をかけさせてもらった」

「……四角関係……そう、ですか」

がっくりと項垂れる。

想像以上に、くだらない理由だった。

ある意味予想を裏切らなかった国王を呆れながらも見つめる。つい本音が口を突いた。

「国王たるお方が、一体何をやっているんですか」

私も彼ら三人を見ていたという点では同じだが、目的が違うので多少は文句を言わせてもらっても許されるはずだ。

そう思い告げると、国王は「わはは」と笑い、私に言った。

「いやな。王城はなかなかエンターテインメントが乏しくてな。滅多にない面白そうな気配、見逃す方がおかしいだろう？」

「……賛同致しかねます」

悪役令嬢リリスも、まさか己の恋愛模様をエンターテインメント扱いされているとは思わないだろう。

ゲーム内の国王は確かに面白がりな人だったと記憶しているが、本物はそれ以上だ。

頼むからワクワクと他人の恋愛を出歯亀することをよしとしないで欲しい。

「先ほども言いましたが、私は違いますからね？」

一応、念押しはしておく。

国王と同じような思いで彼らを見ていたわけでも、彼らの中の誰かに思いを寄せていたとかでもないのだ。ただただ、リリスが幸せを摑《つか》めそうな現状を良かったと喜んでいただけ。

それを正しく説明はできないが、少なくとも悪意を持っていたわけではないということは分かって欲しい。

微妙な顔をしていると、国王は言った。

「微笑ましいと言った時の君の表情を見れば、嘘ではないことは分かっているさ。だからだな……その、このケーキは誤解した詫《わ》び、みたいなものだ」

「はあ……」

「遠慮なく食べてくれ」

パチパチと目を瞬かせる。別にお詫びなんて要らなかったのだけれど、どうやら国王はかなり律儀な人らしい。

しかし、何か疑いがあって連れて来られたわけではないのが分かったことは良かったと思う。

すっきりしたせいか、ガトーショコラも先ほどより美味しく感じられるようになった。

かなり大きくカットされていたはずのケーキをあっという間に平らげてしまう。

国王は話し上手で、政治に全く関係ない安心して聞ける話を、延々と話し続けてくれた。

それに相づちを打ちながらも彼のゲーム内でのプロフィールを思い出す。

国王エリック。

面白がりの天真爛漫《てんしんらんまん》な人物。確か王城を抜け出す常習犯で、侍従たちも諦めていると書かれてあった気がする。

そんな彼には、隣国ノリスから妃《きさき》を娶《めと》るイベントがある。ゲームの中でもかなり重要なイベントで、どのルートに進んでも発生すると言えば、その重要度が分かるだろうか。

我が国クランブルとノリスは周辺諸国と軍事的に緊張状態にあるのだ。

周辺諸国は常に侵略の機会を狙っていて、実際ゲーム内ではどのルートでも戦争が起こる。

そしてその戦争に負けないために、国王はノリスから妃を迎え入れるのである。

妃を迎えれば、ノリスと軍事同盟が結べる。

これはゲームの流れ的にも絶対に避けられないイベントだ。

だが、それがあるからこそ、彼の個別ルート実装は望まれつつも不可能だろうと言われてきたし、私もそう思っていた。

——確か、軍事同盟を結ぶことで国力が上がって、他国からの侵攻を阻めるんだったよね。

あと、彼が妃を娶らないと、攻略キャラのひとりである『隣国の王子』が現れないのだ。

国王の妃は『隣国の王子』の姉。

嫁いだ姉の様子を見に『隣国の王子』はやってきて、ヒロインと出会う……という感じなので、そういう意味でも国王攻略は無理なのである。攻略キャラが揃わなくなってしまうから。

ゲームを思い出しながら、紅茶を飲む。

国王はふたつ目のガトーショコラに手を伸ばしていた。どうやらかなりの甘党らしい。

目を輝かせて食べる様子は、まるで子供のようで好感が持てる。

私も二切れ目を貰《もら》っていいのだろうか。そんなことを考えていると「陛下！」という大声と共に扉が開いた。入ってきたのは、文官のようだ。裾の長い白と緑の官服を着ているのですぐに分かる。

「陛下、ご休憩中失礼致します！」

入室の是非も問わずに入ってきた文官に、一瞬不快げに眉を上げた国王だったが、彼の顔色が悪いことに気づき、表情を引き締《し》めた。

「何かあったのだな。聞こう」

「ありがとうございます。たった今、連絡が入ったのですが、我が国の貨物船が海賊に襲われ、転覆しました。幸い救命ボートに乗り、乗組員は全員無事だったのですが、かなり深い海域なので積荷は諦めなければならないかと」

海賊に襲われたと聞き、国王が「またか」と唸《うな》る。

「乗組員が無事だったのは良かったが、それにしても最近、多いな」

「はい。前は一年に一度くらいでしたが、ここのところ毎月のように襲撃があります」

「しばらく別に護衛船をつけて、様子を窺った方が良さそうだな。しかし、本当に多い。中には貴重な品もあるというのに、全部海に呑《の》み込まれてしまうとは……」

嘆く国王に、文官も同意する。

聞いてもいいのかなと思いつつ、私は黙ってお茶を飲んでいた。

でも、ここのところ、海賊がよく現れ、我が国の貨物船を狙うというのは聞く話だ。

父が話していたので覚えている。

——確か、ゲーム内でもそういう話があったよね。

記憶を辿《たど》る。

その海賊は、我が国を虎視眈々《こしたんたん》と狙っている国に雇われていて、わざとこちらの貨物船を沈めているのである。

更には雇い主から金銭援助も受けているので装備も充実していて、お陰で護衛船を出しても効果はなく、それどころかより一層の被害を受けることになる。

今、国王たちは、海賊は誰彼構わず貨物船を狙っていると考えているし、実際、そういう風に向こうも装っているのだけれど、実際は違う。

確実にうちの国――あと、隣国ノリスをターゲットにしているのだ。そして散々、ダメージを与えたあと、見計らったように二カ国に侵攻、戦争を仕掛けるのである。

先ほど思い出した国王の結婚&同盟イベントに繋《つな》がる話なのだ。

「……」

――嫌だな。

文官と話す国王をじっと見つめる。

ゲームではどうあっても戦争は避けられなかった。多分、現実でも無理だろう。状況はゲーム通りのようだから。でも、ここで私が国王に進言すれば、戦争回避はできなくても、何かが変わるかもしれない。

一か八か、まともに取り合ってもらえるかも分からないが、何もせず後悔するよりはいいだろう。

そう思った。

「……あの」

会話が途切れたタイミングで、声をかける。

国王が振り向き、厳しい表情を柔らかなものへと変えた。

「おお。放置していてすまなかったな。すぐに話は終わる。少し待っていてくれ」

「いえ、そうではなく。……その、海賊のことなのですけど」

「?」

眉を寄せる国王を見つめながら、息を吸い込む。

覚悟を決め、口を開いた。

「その海賊、裏で糸を引いている存在はいないでしょうか。いつものことだと、ただ護衛船をつけただけで解決する問題ではないように私には思えます」

「……君」

国王の表情が一瞬厳しくなったような気がした。それに気づかない振りをして続ける。

「海賊たちは一見、無作為に獲物を狙っているように思いますが、本当にそうでしょうか。狙われた貨物船は、いつも重要な荷を運んでいたりはしませんか？　他国の貨物船も襲われているのでしょうが、その被害はうちと比べて同程度ですか？　……なんなら、狙われていない国の貨物船もあったりしませんか？」

ゲームの知識と憶測だけで、踏み込んだ話をするのは自分でもどうかと思ったが、ただ怪しいと言うだけでは気に留めてもらえない。

確証もなく馬鹿なことを言うなと一蹴されても仕方ない。そう覚悟していたが、それは良い意味で裏切られた。

私の話を聞いた国王が思いの外真剣な顔で「確かに」と頷いたのだ。

「君の言うことには一理ある。……そうだな。今すぐ、これまで襲われた全ての船の船籍を当たってくれ」

「陛下!?」

文官がギョッとした顔をする。小娘ひとりの言い分を聞いたことに驚いたのだろう。でも、私も吃驚《びっくり》した。こんなにあっさりと話を受け入れてくれるとは思わなかったから。

「彼女の言うことは尤《もっと》もだとは思わないか。私たちは、いつもの襲撃だと、だからただ護衛をつければいいと考えていたが、決めつけて思考を止めてしまうのは良くない。もしかしたら、海賊船の影に隠れてもっと大きな話が動いているのかもしれない。その可能性は確かにあるし、少なくとも私たちにはなかった意見を無視するべきではないと私は思う」

「っ！　そう、ですね」

「調査することは無駄にはならない。もしかしたら別の新たな事実が見つかるかもしれないしな。……頼めるか？」

真摯な目で見つめられ、文官は姿勢を正した。顔つきが真剣なものになっている。

「はい！　今すぐ、調査致します」

「ああ、頼んだぞ」

国王の言葉に大きく頷き、文官が出て行く。それを見送り、私は内心ホッとしていた。

――良かった。調査してくれれば、海賊が誰と手を組んでいるのか分かるはず。早めに対処できるのなら、何か変わってくれるかもしれない。

私の前世では、戦争は遠い場所の話だった。

いや、確かに世界のどこかでは紛争が起こっていたのだけれど、幸いなことに私が住んでいた日本という国は戦争とは縁がなかったのだ。

だけどこの世界では違う。

戦争は身近なところにあって、いつ、何が原因で始まってもおかしくないのだ。

それを私の持っている知識で少しでも遠ざけられるのなら、喜ばしいことでしかなかった。

だって戦争は怖いから。

人が死ぬのは恐ろしい。それが自分に遠い、関係のない人だったとしたって、話を聞けば胸が痛くなる。

どうか平和であるようにと願っているけれど、それは一国だけではなしえないことで、だからなかなか実現しないのだろうということも分かっている。

「……」

すっかり冷えてしまった紅茶を口に含む。

戦争のことを考えているうちに、気分が暗くなってしまった。そんな私に国王が声をかけてくる。

「――それにしても、君はなかなかに面白い女性だな。まさかあんな意見を出されるとは思いもしなかった」

「っ！　すみません。出すぎた真似をしまして……」

ハッとし、頭を下げる。

口出しするタイミングは見計らったとはいえ、仕事の話に口を挟んだのは事実だ。

しかもその相手は国王。罰せられても文句は言えない。

「本当に申し訳ありませんでした。その、私、考えなしなところがありまして……」

「いや、気にしなくていい。むしろ君のお陰で助かったのだから、どちらかというと礼を言うべきだろう。しかし、どうしてあんなことを言い出したのだ？　君の話し方は、まるで確信があるような物言いだった。もしかして、君は預言者だったりするのか？」

「まさか！」

慌てて否定する。

預言者――神からの神託を聞き、広める者。この世界では存在を認知されているが、その数は少なく、現在、預言者と認められているのは他国にいるひとりだけだったはず。

そのひとりも、城の奥深くに囲われ、人前に出てくることが殆《ほとん》どない状態で、ツチノコよりも珍しいというのが実際のところなのだ。

「わ、私は預言者なんて大層なものではありません。その、今回の件にしては本当にちょっとした思いつきというか……」

「本当に？」

「本当です！　私に預言なんてものはできません！　偶然！　偶然なんです！」

ゲーム知識で知っていた、とは口が裂けても言えないので、厳しいと思いつつもなんとか誤魔化す。

国王は怪しんでいたようだが、この件について、それ以上の追及はしないでくれた。だけど、私に対する興味が出てきたようで、積極的に話しかけてくる。

――いや、興味を持たれても困るんですけど！

やっぱり言わなければよかったと思うも後の祭り。

どうか早く終わってくれと嘆きながら、なんとかお茶の時間を過ごす。
国王の休憩時間が終わったと同時に、私は逃げるようにその場を辞した。

第二章　ゲームとは関係ない

這々《ほうほう》の体で屋敷に逃げ帰った私は、当たり前だが、両親に何があったのかと問い詰められた。

何せ、国王から「一緒にお茶をするから、帰すのは少し遅くなる」と連絡が来ていたのだ。

きちんと連絡を入れてくれたのは有り難いが、事情を知らない両親からすれば「何事⁉」と震え上がっても無理はない。

私は、お茶のお供を探していた国王に偶然誘われただけとふたりに説明し、両親も納得した。

どうやら、気の向くままに国王が行動することはよくあるらしく、今回もその一環だと思われたようだ。

二度、お声がかかることはないだろう。

それが当然だし、二度目があっても困るだけなので、私は国王とお茶をした事実を忘れることに決めた。

平穏な毎日を送るには、刺激的な出来事を忘れることは大切なのだ。

そうしてあっさりと日常に戻った私は、数日後、気分転換を兼ねて、徒歩で外出した。

普段はドレススタイルで過ごしているが、徒歩での外出着としては派手すぎて相応しくないので、服装はロング丈の長袖ワンピースだ。

色はピンク。ポイントに所々、白も使われている。フェミニンなデザインで、スカートの裾がヒラヒラしているのが可愛い。

日焼け予防に白い日傘を差している。ローヒールの靴は歩きやすく、どこまででも歩けそうな気がした。

もう片方の手に持った小さなバッグには、財布とハンカチが入っている。

「ふっ、ふっ、ふーん♪」

誰も聞いていないので、上機嫌に鼻歌を歌う。

おそらく、元がゲーム世界だからなのだろう。この世界——いや、我が国では女性がひとりで出歩いても、特に問題視されなかった。

普通、貴族女性が外に出るのなら、馬車は必須。護衛だって何人も連れて——が常識だと思うのだけれど、皆、当たり前のようにひとりで出かけているし、それについて誰も何も言わない。

私だって、記憶を取り戻すまでは、なんの疑問も持たなかった。

今、国は安定していて、治安もいい。戦争も起こっていないと色々理由はあるのだろうけど、それでも通常ではあり得ない。だが『そういうもの』だと皆が認識しているのなら、話はまかり通ってしまう。

「元がゲーム世界って、こういうことなのね」

なるほどなあと思いながら、てくてくと歩く。

とはいえ、ガチガチに護衛を固められるより、ひとりで行動できる方が有り難い。

それぞれ世界や国により常識が違うだけと思えば、それでいいのだ。

うちの国では、女性が気軽に外出できるくらいに治安がいい。

それが結論で、それ以上考える必要はないのだと思う。

ゲーム、ゲームと、全てをゲームと前世の常識に当てはめて考える方がおかしい。

今、生きている場所に合わせて生きるのが、私に求められていることなのだ。


「こんにちは、ライネス」

本日の目的地に辿り着いた私は、挨拶しながら扉を開けた。

紅茶のポットのマークが描かれたお洒落《しゃれ》な店。紅茶専門店『アメジスト』である。

今日の散歩の目的は、新しい紅茶を買いに来たことと、友人とちょっとしたお喋《しゃべ》りを楽しむこと。

実は『アメジスト』の店主とは、二年ほど前、紅茶の趣味が合ったことがきっかけで友人となったのだ。それ以来、茶葉と店主両方を目的に、月二程度のペースで訪れている。

「やあ、いらっしゃい。ベリー。二週間ぶりかな?」

店内に足を踏み入れると、すぐに『アメジスト』の店主が笑顔で声をかけてきた。

紫色の垂れ目。銀色の髪を背中まで伸ばし、ひとつに束ねている。

ポットのマークのエプロンを着けた、一見、女ったらしにも見える甘いマスクの少し年上の青年。

彼がこの紅茶店の店主、ライネスだ。

ライネスはカウンターにだらしなく突っ伏しており、顔だけを上げてこちらを見ていた。

ヒラヒラと手を振っている。

「は～い。今日も良い茶葉、仕入れてるよ～」

いつも通りの様子に苦笑し、カウンターまで歩いていく。店内は紅茶の良い香りが充満しており、自然と肩の力が抜ける。

「茶葉も買いに来たけど、今日は愚痴も言いに来たの。聞いてくれる？」

「もちろん。君以外、客もいないしね～」

笑いながら答えるライネスだが、笑い事ではない。

このお店は、とても良い茶葉を揃えているのだけれど、とにかく立地場所が悪く、客が殆ど来ないのだ。私も見つけたのは偶然で、その時だって私以外に客はいなかった。……というか、私以外の客が来ているのを見たことがない。

「相変わらずだけど、大丈夫なの？　ある日突然、閉店なんてことにはならないでしょうね？」

そんなことになったら泣く。そう思いながら尋ねると「大丈夫、大丈夫」と軽い答えが返ってきた。

「ここの経営は副業だからね～。本業が儲《もう》かってるから、閑古鳥《かんこどり》が鳴いていても閉店はしないよ」

「そうなの？　てっきりこっちが本業だと思ってた」

「違うんだな～、それが。あ、紅茶入ったよ。どうぞ」

カウンターにティーカップが置かれ、続いてライネスが紅茶を注ぐ。ジャスミンの香りが広がった。

「良い匂い」

「でしょ？　先週買いつけに行ってきたんだ〜。お試しでどうぞ？」

「いただきます」

店に来ると、他に誰もいないからか、毎回ライネスはお勧めのお茶を振る舞ってくれるのだ。それがいつも美味しくて、結局買って帰ってしまうのだけれど。

今回のお茶も想像以上に美味しくて、思わず声が漏れてしまった。

「あ、美味しい……」

元々ジャスミンティーは好きだったが、これは今まで飲んだ中でも一番美味しいと言えるかもしれない。

ジャスミンの香りが濃いのに、口当たりは爽やかで、飲むともっと飲みたいという気持ちにさせられる。

「え、え、これ、本当に美味しいんだけど」

「ベリーならそう言うと思ったよ。ところでこれ、結構値段は高めなんだけど——要る？」

にんまりと笑いながら言われた。そうして提示された金額は『高め』なんて可愛らしいものではなかったが、すっかり味に魅せられた私に買わないという選択肢があるはずもない。

即座に告げた。

「百グラム買うわ！　詰めてちょうだい！」

「毎度あり〜。やっぱり、ベリー好みだった。おれ、大正解」

「さすが、ライネス。私の好みを完璧に把握しているわね」

「まあね。おれ、そういうの調べるの得意だし」

ふふんと笑うライネス。自信が漲《みなぎ》るその表情を見て、冗談抜きで時が止まった。

「……ん?」

「うん?」

「え、あ、え……? ちょっと待って」

「??」

額に右手を当て、もう片方で彼を制止する。

パチパチと目を瞬かせるライネスだが、こちらはそれどころではなかった。

だってたった今、友人だと思っていたライネスが攻略キャラのひとりだと思い出してしまったから。

今の今まで気づかなかったのが嘘みたいだが、間違いない。

だってさっきの表情、見覚えがありすぎる。

――嘘でしょ⁉

人前だからやらないが、ひとりだったら確実に頭を抱えていたと思う。

改めてまじまじとライネスを見つめる。どうして今まで気づかなかったのか、全くもって嫌になる。

紅茶店の店主ライネス。

『アマワナ』のメイン攻略ヒーローのひとり。

普段は紅茶店を営む女好きの、ちょっとだらしない物言いをする店主で、その正体は、裏社会で有名な情報屋ジュネス。

ヒロインは彼の正体を知らず、偶然出会い、交流を深めていくのだけれど、彼のルートへ行った場合のみ、情報屋であることが明かされる。

彼のルートは、裏社会の話が主になるので血生臭い。戦争や政治が色濃く関わってくる話となるのだ。

その紅茶店の店主ライネスと、知らず友人関係となっていたことに気づき、顔が引き攣《つ》った。

——しっかりゲームストーリー通りの出会い方をしてるんじゃない……。

しかもがっつり仲良くなっている。

一瞬、彼とは今後距離を置いた方がいいのかと考える。

何せ、ゲームが始まらなかったとはいえ、彼はメインキャラのひとりだ。

そして私はヒロイン。このまま平和に暮らしたいのなら、メインキャラとは離れて過ごす方がいいのではないだろうか——って、別に、そこまで気にする必要ないか。

真面目に考えていたが、途中でなんだか馬鹿らしくなってきた。

だって、こんなことでせっかくの友人を失いたくない。それに彼のルートにさえ入らなければ、友人関係を維持できることは分かっているのだ。

あと、ゲームに縛られて、行動制限されるのが愚かしいという気持ちもある。

ライネスルートに入るイベントやきっかけは覚えているので、それさえ避ければ、今後も彼と付き合っていて問題ないのではないだろうか。

いや、問題ないに決まっている。

――そう、そうよね。いつも通りに過ごせばいいだけ。必要以上に気にすることない。以上！

「ベリー？」

いつまでも黙ったままの私に、ライネスが声をかけてくる。そんな彼に私はにっこりと笑って言った。

「なんでもなーい。ちょっと嫌なことを思い出しただけ」

「嫌なこと？　そういえば、愚痴を聞いて欲しいとか言ってたけど」

「そうそう。ちょっと前の話なんだけどね？」

せっかくなので、国王に捕まった話をしようかと思い、口を開く。

もちろん、言ってはいけないことまで話すつもりはなかった。

災難だった的な笑い話で済ませる予定だし、ライネスも分かっている人なので、深くは追及してこないと知っている。

というか、そういう『分かっている』やり取りができるところが、ライネスの好きなところなのだ。

彼との会話は楽しく、私のストレス解消の助けとなっている。

ライネスも私のノリを受け、暢気《のんき》な口調で聞いてくる。

「あー、そういえば、登城するって言ってたっけ？　なんかあったの？」

「あったなんてものじゃなかったの、実は――」

男ふたりが女ひとりを取り合っている様を観察していたら、同じく出歯亀していた国王に見つかって、何故だかお茶を一緒にすることになってしまった。

そう言葉にしようとしたタイミングで、店の扉が開いた。

私がいる時に誰か来たことなど今まで一度もなかったので「すわ、客か！」と驚きを持って振り返る。

だが、そこにいたのは意外すぎる人物だった。

「情報屋ジュネス！　お前の力を借りたい！」

「えっ……」

そう大音声で告げ、堂々と店内に入ってきたのは、まさに今、話題にしようとしていた人物だった。

国王エリックその人。

彼は前回と同じで、国王とはまるで思えないような服装をしていた。

いや、むしろ貴族にも見えないかも。まるでその辺りを歩いている冒険者のような身なりだった。帯剣はしているが、防具などは着けていない。国王ともあろう者が無防備極まりない姿だ。

これは、よく似ているだけの他人のそら似だろうか。

そう考える方が自然かと思ったが、判断する前に彼が呆然としている私を捉えた。

「おお、君はローズベリー殿ではないか。数日ぶりだな。こんなところで会うとは奇遇だ！」

「……ご無沙汰しておりますぅ……」


奇遇だ、ではない。

あっという間に、本人確認ができてしまったぞと震撼《しんかん》しながらも返事をする。

他人のそら似だと思いたかった私の望みは儚《はかな》く散った。

間違いない。国王エリック、本人だ。

というか、だ。

——私、情報屋ジュネスって名前、聞いちゃったんだけど⁉

一番の問題はこれだと思う。

せっかくこれまで通り『紅茶店の店主とその客、ふたりは友人関係』を続けようと決意したというのに、その矢先に第三者に正体を叫ばれてしまうとか。

——どうしよう、どうしよう、どうしよう。

国王がお忍びで町中に来ることも、結構うっかりタイプであることもゲーム知識により知っていたが、まさかそれがここで発揮されるとは誰が思うだろう。

きっと彼は誰もいないと思って、気にせず声をかけただけなのだろうが、残念ながら私がいたのだ。

頼むからもう少し気を遣って欲しいというか、第三者がいる、いないくらい確認してはくれまいか。

――こ、これは気づかなかった振りをして、さくっと帰ってしまうのが正解？

なんでもない風を装い「お客さんが来たみたいだから、今日は帰るわ」と言ってしまえばいい。

あとはもうそのままフェードアウトだ。残念ではあるが、二度と店には足を運ばない。

――それしかない。

そこまで考え、私はいつも通りの笑顔を作り、ライネスに向かった。

「珍しい。お客さんが来たみたいね。私はお邪魔だろうから今日はこのまま――」

「あちゃあ、バレちゃったかあ。ベリーには秘密にしていたのになあ。王様、困るよ」

「……」

最後まで言わせてもらえなかった。

笑顔を消し、無の表情になる。ライネスはカウンターから出てくると、私の目の前に立った。

「はいはい、逃げないでね。ほ～ら、怖くないよ～」

まるで子供を宥《なだ》めるような口調に、身体《からだ》から力が抜けた。ドッと疲れた気分になる。

もうこうなれば破れかぶれだ。

正体を知ってしまったが、これはルート入りの話とは違う。

どんと構えて対応するのが正解だろう。

「せっかく聞かなかった振りをしてあげたのに、いいの？」

ジト目でライネスを見上げる。

本当は自分のためなのだけれど、ここは敢《あ》えてライネスのためだと言っておくのがいいと思った。

ライネスが困ったように眉を下げる。

「本当はよくないし、そういう判断をしてくれたことは嬉《うれ》しいんだけどね、でも、このままだとベリー、もううちに来てくれなくなるでしょ？」

「そりゃあ、お互い気まずいじゃない。あとで説明を求めるのもおかしな話だし」

「でしょ。それが嫌だなって思ったんだよ。せっかくベリーとは友達になれたのに、これで終わりだなんて残念だなって。だから逃がしてあげないことにしたんだ」

ごめんね、と首を傾《かし》げて笑うライネスを見つめる。その目に恋情が欠片《かけら》もないことを確認してから、私は言った。

「……そう。じゃあ聞いていいのね。情報屋って何よ」

「色んな情報を取り扱ってるお仕事。さっき言ってた本業がこれなんだよね〜。おれ、結構売れっ子なんだよ。その道ではかなり有名なんだけど、ジュネスって知らない？」

「私が知るわけないじゃない」

事実、ローズベリーとしては知らないのであっさりと答える。ライネスは頷き「だよね」と言った。

そうしておそるおそる聞いてくる。

「……そういうことなんだけどさ、今後もおれと友達でいてくれるかな。おれ、ベリーと馬鹿な話をする時間がすごく好きなんだ。できればなくしたくないって思ってる」

友情のみを求められているのなら、それは私も望むところだ。

ライネスに恋愛感情は抱いていないし、これからも抱かないと確信できる。

彼は良い友人であって、それ以上にはなり得ないのだ。そう、私の心が言っている。

「……私もあなたとは友人関係を継続したいと思ってる。……いいわ。分かった。私をそっちに巻き込まないって約束してくれるのなら、これからもこの店に通う」

「本当⁉　うん、約束するよ！」

「ええ、じゃあそういうことで。……えっと、今まで通りライネスって呼んでいいの？　それともジュネスって呼ぶべき？」

「ライネスでいいよ。ジュネスは仕事用の名前ってだけだし」

「そう、分かったわ」

「……話がまとまったところで、そろそろ私の相手もして欲しいのだが」

ライネスとの友情が壊れなかったことに喜んでいると、後ろからジメジメした声が聞こえてきた。

振り返る。国王が子供のように唇を尖《とが》らせていた。

「ずっと無視とはひどいではないか」

それに反応したのはライネスだ。ビシッと指を突きつける。

「ひどくないし。大体ね、王様が仕事用の名前を呼びながら入ってきたのがおかしいんだよ。頼むから後先考えて行動してくれる？　おれ、もう少しで大事な友人をなくすところだったんだからね？」

「う……それは悪いと思っているが、仕方ないだろう。この店に客がいたことなど今まで一度もなかったのだから」

「そうなるよう、わざと調整しているからね。全く……昼間には来ないで欲しいって前に言わなかった？」

「言われたな」

「それなのに来ちゃったの……もう。ベリー、聞いてよ。この人、毎回こんな感じなんだよ。自由すぎて、おれ、ついていけないんだけど」

「……」

泣きつかれたところで、私はどう答えればいいのか。

困っていると、国王まで気軽な様子で話しかけてきた。

「まさか君が、情報屋ジュネスの友人とは。世間は広いようで狭いな」

「……そうですね。私もまさか町中で陛下とお会いするとは思いませんでした」

しかも、冒険者のような格好で。

声に出しはしなかったが、私の視線で言いたいことは分かったのだろう。国王は気まずげな顔をした。

「いや、まあ、な。多少は、気晴らしも必要なのだ」

「私が言うことではないと思いますけど、黙って出てこられた……とかではないでしょうね？」

「……うちの文官たちは優秀だからな。私が留守にしていても、問題なく執務は続けられているはずだ！」

「……」

胸を張って言われた。

だがこちらとしてはじとりとした目を向けてしまう。実に疑わしい。

私の目線に気づいた国王が、焦ったように口を開いた。

「だ、大丈夫だ！　最早《もはや》いつものことだからな。皆、諦めている！」

「……」

完全に墓穴を掘っている。

とはいえ、国王相手にこれ以上強くなど出られるはずがない。

微妙な顔をしつつも「そうですか」と答えると、逆に国王が聞いてきた。

「ローズベリー殿こそ今日は何用で来たのだ？　君には情報など必要ないと思うが」

「もう！　ベリーはおれと話しに来てくれたの！　あと紅茶を買いにね！　ここは紅茶店なんだから紅茶を買って当たり前でしょ！」

「紅茶！　そういえばそんなものも売っていたな、この店は」

「もうやだ、この人。一面に飾ってある紅茶の缶が見えていないの？」

「……」

国王に振り回され、嘆くライネスを驚きながらも見る。

情報屋としてのライネスを訪ねてきたのだから、彼にとって国王は取引先のひとつで、もっとビジネスライクな関係かと思っていたが、相当親しいようだ。

ライネスが聞いてくる。

「それで、そっちはどんな関係？　ベリーが王様と知り合いだなんて、おれ、知らなかったよ」

「……さっきはその話をしようとしたのよ」

簡単に国王と出会った経緯を説明する。

国王も聞きながら、うんうんと頷いていた。

「はー、そんな出会いってある？　ふたりで同じグループを出歯亀していたとか、面白すぎなんだけど」

「出歯亀していたのは陛下だけ。私は断じてしていない！」

そこははっきり言っておかないとと思って告げる。だが、ライネスに言い返されてしまった。

「でも、その三人を見ていたのは本当なんでしょう？」

「う。ま、まあ……」

「で、そのあとふたりでお茶をしたと。ベリーも災難だったね。この人、本当自由だから、わりかし色んな人を簡単に巻き込むよ」

「……それはなんとなくそうだろうと思ったわ」

執務室にいた文官たちの態度を思い出しながら告げる。微妙な顔をしていると、国王が反論してきた。

「そんなことはないぞ！　ちゃんと巻き込む人物は選んでいる！」

偉そうに言うことではない。

ライネスが呆れたように言った。

「巻き込むことに変わりはないんじゃないか。王様、ベリーはおれの大事な友達なんだ。今回は仕方なかったけど、できれば今後は彼女を巻き込まないでよね」

「む。それは……善処する」

「王様の『善処』は当てにならないんだよなあ。ベリー、ヤバそうならさっさと逃げなよ？　でないと、気づいた時には取り返しのつかないことになっているからね」

「……肝に銘じるわ」

心から頷く。国王は納得いかない、みたいな顔をしていたが、悪いけどスルーさせてもらった。

ライネスの言葉の方が正しいことを分かっていたからだ。

ライネスが両手を合わせ、申し訳なさそうに言う。

「それでさ、悪いけど、情報屋としてのお仕事があるみたいだからさ。今日はここまでで構わない？」

「え、ええ、それはもちろん。その、邪魔して悪かったわね」

情報屋ジュネスに関わるつもりはないので頷く。帰ろうと踵《きびす》を返すと、ライネスが呼び止めてきた。

「あ、待って待って、これ」

「え……？」

ぽんっとカウンターに置かれたのは、通常よりも小さな紅茶の缶だった。確認するようにライネスを見ると、彼は笑って言った。

「これ、さっき美味しいって言ってたジャスミンティーの試供品なんだ。今日のお詫びにタダであげるよ」

「え、でも悪いわ」

代金を払わないなんてさすがにできない。

だが、ライネスは首を横に振った。

「いいから。迷惑をかけたのはこっちなんだ。それにその……友達のままでいてくれるって言ってくれて嬉しかったからさ。そのお礼も兼ねてる」

「……ありがとう」

そんな風に言われては断れない。

私は有り難く紅茶缶を受け取った。小さな缶なので、ギリギリ鞄《かばん》の中に入れることができる。

「では、私はこれで。お先に失礼します」

国王に会釈し、紅茶店を出る。

ハプニングだらけで驚きはしたが、結果としては悪くなかったのではないだろうか。

「ライネスの正体を知っても友達でいられたし……」

互いに友情以外の感情を抱いていないことを確信できたのも大きい。

国王乱入にはどうしようかと焦ったが、終わりよければ全てよしだ。

とはいえ、思ったよりも早めに出てきてしまったので時間が余ってしまった。

帰ろうと決めた時間までまだ二時間ほどあるし、久々に露店巡りをしてもいいかもしれない。

——うん、悪くない。

気分が自然と上向く。

実は、私の趣味は露店での食べ歩きだったりするのだ。

数年前に、貴族の屋敷では出会えない味に嵌《は》まって以来、時間ができれば店を覗《のぞ》くようにしている。

正直、令嬢の趣味としてはイマイチすぎるが、今なら分かる。多分前世の影響だったのだろう。

前世の私は、いわゆる『餃子《ギョーザ》フェス』とか『夏フェス』とか『ラーメンフェス』とか、そういうアウトドアイベントが大好きで、開催されると必ずと言っていいほど通っていた。

とにかく外で美味しいものを食べるのが好きだったのだ。

ちなみに外で開催されるものにしか興味がないわけではない。『大北海道展』とかも行っていたし、朝早くからイートインコーナーに並んでいたくらいには、外食全般が好きだった。あのなんとも言えない独特の雰囲気が楽しかったのだ。

その影響から自然と、露店に惹《ひ》かれるようになったのだろう。この世界には『フェス』のようなものはないが、月に一度大々的に開かれる『大市』はいつもの二倍くらい露店が出るので、とても楽しみにしている。

そんな私の前世からの趣味である露店巡り……もとい食べ歩き。

残念ながら用事が重なり、ここひと月ほどは碌《ろく》に行けていないのだ。久々に趣味を楽しみたいという気持ちになった私は、大通りの方に足を向けた。

「おーい！」

「ん？」

後ろから声が聞こえてきた。先ほど聞いたのと同じ声のような気がして、まさかと思いつつも立ち止まる。

振り返ると、こちらに向かって大きく手を振っている国王の姿が見えた。

「へ、陛下!?」

「待ってくれ、ローズベリー殿！」

「え、え、え？」

まさか追いかけてくるとは思わず、目を見張る。国王はすぐに私に追いついてきた。

驚きながらも尋ねる。

「え、あの……ライネスに用があったのでは？」

「ああ、その件は無事終わった。もしかしたら追いつけるかと思い、急いで出てきたのだが正解だったな」

満足そうに笑う国王を唖然《あぜん》と見つめた。

「追いつけるかって……私に何か用ですか？」

「ああ、この間のこと、礼を言おうと思ってな」

「この間のこと？」

はて、と首を傾げる。

お礼を言われるようなことなど、何かしただろうか。

「思い当たる節がありません。どなたかと勘違いなさっているのでは？」

「いや、君だ。ほら、海賊について助言をくれただろう？」

「……ああ！」

その話か。

正直、すっかり忘れていたので、言われるまで全く分からなかった。

国王は姿勢を正すと、真っ直ぐに私を見つめてくる。

「君のお陰で、拙くなりそうだった事態がなんとかなりそうだ。本当に助かった。感謝する」

「い、いえ……あれはその……勘、みたいなものですので」

両手を振り、否定する。改まって礼を言われるようなことでは本当にないのだ。

でも。

「……なんとかなりそうですか？」

「ああ。君の指摘は的を射ていた。早めに対処できることで、最悪の事態は防げそうだぞ」

「そう……ですか。良かった」

遠回しな言い方ではあるが、最悪の事態——つまりは戦争を回避できそうだと言われ、胸を撫《な》で下ろした。

おそらく国王たちは、無事、海賊の裏に我が国クランブルと隣国ノリスを狙う国がいることを突き止めたのだろう。

早めに気づけたことで、起こるはずだった戦争を回避できたのだ。

とはいえ、敵国も一旦退いただけで諦めたわけではないから、どこかで戦争、そして結婚&同盟イベントは起こるのだろうけど。

国力が低いままでは、戦争を回避し続けることはできないのだ。

いつか絶対に戦争は起きる。だからこそ結婚&同盟イベントは必須なのだ。

——でも、勇気を出して言って良かった。

たとえ今だけのことだろうと、戦争が回避できたのなら、私が発言した意味は十分すぎるほどあると思う。

ホッと安堵の息を吐いていると、国王が言った。

「今日はその件について、ジュネスに会いに来たのだ。まさか君がいるとは思わなかったがな」

「陛下。その……あまりそういうことを私に話すのはどうかと」

詳細を話されているわけではないが、それでも不用心ではないか。

衷心から告げると、国王は何故かクックッと笑った。

「大丈夫だ。君は言ってはいけないことを人に言う女性ではないだろう?」

「そんな、適当に」

眉が中央に寄る。

「適当ではないぞ。実際、君は前回聞いた話を誰にもしていないだろう。君が常識ある人間だということは分かっている」

「……陛下はわりとうっかりなところがありますけどね」

まさかきちんと評価してくれていたとは思わず、少し驚いた。というか、私が誰にも話していないか調べていたのか。

彼が有能な国王である一端を見た気になりつつも、誤魔化すように先ほどの失態をチクリと刺すと、国王は髪を掻き、申し訳なさそうに言った。

「それを言われると辛《つら》いな。いや、本当に君がいるとは思わなかったのだ。結果、巻き込むようなことになって悪かったな」

眉がぺしょんと下がっている。本気で悪いと思っている様子が見え、イヤミを言うのはやめにした。

「いいですよ、もう。ライネスに、これからも友人関係でいようって言ってもらえましたから」

「君たちは友人だったのだな。意外な組み合わせだが、話は合うのか？」

「紅茶という共通の趣味がありますので。それに互いにしょうもない愚痴を言い合っているだけなので、話が合うとか気にする必要がないんです」

「なるほど。どうでもいい話ができる相手というわけだな」

「ええ、そういう相手って実は貴重でして」

「分かるぞ」

大きく頷かれた。そうして私が向かっていた方を見て、首を傾げる。

「そちらは君の屋敷がある方角ではないだろう。一体、どこへ行くつもりだったのだ？」

普通に気になるのだろう。不思議そうな顔をする国王に、特に隠す必要もないので、正直に答えた。

「帰る時間までまだあるので、露店巡りでもしようかと思いまして。外で菓子やパンを食べるのが好きなのです」

いくらひとり歩きが許されているからといっても、高位令嬢がやることとしては庶民派すぎるので引かれるかなと思ったが、予想外にも好意的な声が返ってきた。

「ほう！　食べ歩きか！」

「ん？」

国王の目が輝いている。

「分かるぞ。私も買い食いは好きだからな。特に『エミリアンズ』のクレープは絶品だ。君、食べたことはあるか？」

「えっ、ありますけど……」

――エミリアンズ!?　どうして知ってるの？

私が通っている店の名を挙げられ驚いた。

エミリアンズは、町の中央広場に出店している、大人気クレープ店なのだ。いつも行列ができていて、並んでいる間にどのクレープにしようか考えるのが、私の楽しみなのだけれど。

「陛下、エミリアンズをご存じなのですか？」

人気ではあるが、国王が通うのによしとされるような高級な店ではない。

確かにゲーム知識で国王が、お忍びで町に出かけている……というのは知っているが、同じクレープ店に通っているとは露ほども思わなかった。

「ははっ、意外か？　私はエミリアンズの生クリームが好きでな。あそこの生クリームの美味しさは、うちの料理長を越えると思っているくらいだ」

「あ、分かります。あの店の生クリームって癖になる美味しさですよね」

国王の言葉に同意する。

疑っていたわけではないが、具体的に『生クリーム』と言われたことで、彼が本当にエミリアンズが好きで通っているのが理解できた。

あの店は生クリームが美味しいのだ。その秘訣《ひけつ》を知りたくて、毎回並んでいるというのもある。

同志が現れたのが嬉しくて、自然と声が弾んだものになった。

「陛下、それならこれもご存じです？　毎週水曜日は、エミリアンズデー。更に特別な生クリームを使ったクレープが販売されるんですけど」

「何ッ!?　そんなものが？」

凄《すさ》まじく良い反応が返ってきてにっこりした。内緒話をするように国王に告げる。

「ええ。通称『スペシャル生クリーム』。メニューには載っていない、常連だけが知っている情報なのです。そして陛下。今日は水曜日です。――私は今からそのスペシャル生クリームを食べに行こうとしているところなのです」

「私も連れて行ってくれ‼」

吃驚するくらいの大声で肩を摑まれた。顔に必死さが滲みでている。

「そんな特別なクレープがあるなんて全く知らなかった！　しかも今日なのだろう？　食べたい、絶対に食べたい。頼む、私も、私も同行させてくれっ‼」

「い、いいですけど……」

ガクガクと肩を揺さぶられ、酔いそうになりながらも答えた。

「陛下、お時間は大丈夫なのですか？　お仕事に戻らなければならないとかはありません？」

「……大丈夫だ。むしろそのクレープを食べなければ仕事にならないと断言できるから、この後、気分良く仕事に挑むためにも、必要な行動だと思う」

「さようですか……」

どんな屁《へ》理屈だと思いながらも、頷く。

本人が大丈夫だと言うのなら、これ以上言うのは野暮だろう。

それに本当にクレープを食べたそうにしているし。

ノリで秘密を教えた責任もある。私は期待に顔を輝かせる国王を連れ、中央広場へ向かった。

その道すがら、話したのは主に買い食い系のことだ。

国王も好きだと言っていたので、話が合うかと他の店についても語ってみたのだけれど、思った以上に盛り上がる。

「私、メルシーのマリトッツォも好きなんですよね」

「分かるぞ。あの店の生クリームも好きだ。私が今気に入っているのは、ハミルトンのドーナッツなのだが」

「ハミルトン！　あれですか？　生クリームがたっぷり挟まったドーナッツ」

「それだ！」

「陛下、もしかしなくても、生クリームがお好きなんですか？」

先ほどから生クリーム系の店しか出てこないなと思いながら尋ねると、彼は「そんなことはないぞ」と胸を張った。

「生クリームだけではなく、チョコレートも好きだ」

「ほう？」

「城で出される上品な味のチョコも良いのだが、チープな味のチョコがたまに猛烈に食べたくなるのだ。こう、大袋で売り出されているようなのをな、まとめて口の中に放り込むのがなんとも幸せで」

「相当な甘党ですね。でも分かる気がします」

高級チョコの上品な甘さではなく、安い大衆向けの大ざっぱな味が欲しい時は確かにあるのだ。とはいえ、それが意外に美味しかったりするから馬鹿にできないのだけれど。

「買い食いは甘いものだけですか？　サンドイッチなんかは食べたりしません？」

「サンドイッチか？　いや、食べたことはないな。それこそ城の料理人が作ってくれたものの方が美味しいだろう」

「はー、なるほど。陛下は、露店で食べるサンドイッチの美味しさをご存じないと、そういうことですね？」

「……というと？」

興味が出てきたのだろう。国王がワクワクした顔で私を見てくる。

こちらも興が乗ってきた。

「レーヌテールのサンドイッチを一度、お召し上がり下さい。あそこのサンドイッチは、早朝、自らの畑から摘んできたばかりの野菜を使って作られています。挟むパンは、ライ麦パン。これもその日の朝に店主が焼いたもの。野菜はシャキシャキ、パンはふっくら。それを太陽を浴びながら食べるというのは、最高に幸せな気持ちになれますよ。知らないなんて、人生を損しているとしか思えませんね」

「ほう……！」

「玉子サンドもお勧めですから、機会があれば是非。パンに零《こぼ》れんばかりに和《あ》えた玉子が挟まっているんです。玉子ももちろん自家製。新鮮な黄身の濃い玉子がふんだんに使われていて、本当に美味しいですよ。私、あれ大好きなんです」

「君の話を聞いていると、全部食べたくなるな！　今まで食べ逃していたことが悔しく感じる」

「そうでしょう。今からでも遅くありませんから、是非」

「そうしよう！」

国王もノリノリで聞いてくれるので、話しているのが楽しい。

ライネスとはまた違う話ができる相手だ。彼は買い食いには興味がないので。

だが、国王はしっかりした体格からしても、かなりの健啖家《けんたんか》なのだろう。甘いものが好きなのはそうだろうが、他の食べ物に興味がないというわけではないらしい。

話しているうちに、目的地に辿り着く。

よく通っている者なら知っている水曜日ということもあり、露店にはずらりと行列ができていた。パッと数えても二十人以上が並んでいる。

「わ、いつも以上に並んでますね。時間かかりますけど、大丈夫ですか？」

お城に帰ることを考え、尋ねる。国王からはきっぱりとした返答があった。

「大丈夫でなくても大丈夫だ。もうすっかりスペシャル生クリームの口になっているからな。これを食さねば、帰ることもできん」

「まあ、分かりますけど」

言いたいことは分かると思いながら、行列の最後尾に向かおうとする。その私の肩を国王がトントンと叩《たた》いた。

「？　なんですか」

「今更かもしれないが、ここで『陛下』と呼ぶのはやめて欲しい。その、一応お忍びなのでな。必要以上に正体がバレるのは避けたいのだ」

道を歩いているくらいなら皆も気にしないだろうが、並びながら話していると、同じく並んでいる人に会話を聞かれかねない。それで正体を知られるのは避けたいと言う国王に一理あると思い頷いた。

「分かりました。目立たない格好をしていらっしゃいますものね。こちらこそ気づかず失礼しました。その、なんとお呼びすれば宜《よろ》しいですか？」

「普通にエリックと呼んでくれればいい。あと、敬語もやめてくれ。……そうだな。ジュネスと話していたみたいな感じでいってくれると自然でいいなと思うのだが」

「……分かったわ」

国王相手に敬語をなくすというのはどうかと思ったが、正体を隠したいのなら協力すべきだろう。それに今だけのことなのだ。気にしすぎる方が良くない。

「じゃあ、エリック。これでいい？」

「……っ！　あ、ああ！　それで頼む」

「了解。じゃ、並ぶわよ」

ひどく驚いた顔をした国王――面倒なのでエリックでいいか――は、次にとても嬉しそうな顔をした。

そうして素直に私についてくる。

「いやあ、新鮮でいいな！　実に良い！」

「何を喜んでいるのか知らないけど、結構時間はかかるからね。覚悟してよ」

「分かっている。スペシャル生クリームを食べるためだ。いくらでも並んでみせようではないか」

「はいはい」

子供のようにワクワクしているエリックを連れて最後尾に並んだ。

私たちの他に並んでいるのは、若い女性やカップルが多い。友人同士で並んでいる者もいるが、男性ひとりというのはいなかった。ふと、気になり聞いてみる。

「この店、普段から行列ができているでしょ？　いつもひとりで並んでいるの？」

「もちろんだ。同行者などいないからな」

「へえ」

それなりに体格のいい男性がひとりで並んでいる……。もしかしなくてもそれは相当に目立つのではないだろうか。下手をすれば怪しい人……くらいに思われている可能性がある。

――国王が変質者扱い……。

正体を隠しているのだから仕方ないのだけれど、ちょっと想像すると笑える。

「……いたっ」

何故か頬を引っ張られた。抗議するようにエリックを見ると、彼はムッとした顔をして言った。

「何かよからぬことを考えている顔だった。一体何を考えていた」

「ええっ⁉　別に何も考えていないって。ちょっと、エリックが変質者扱いされていたら笑えるなって思っただけで……」

「変質者？　……は？　何故だ」

全く理解できないという顔をするので教えてあげた。

「だって、普通こんなところに男ひとりで並ばないじゃない。怪しまれてもおかしくないと思わない？」

「……」

どうやら言い返せなかったらしい。

黙り込んだエリックが面白かったので、声に出して笑ってしまったが、仕返しに、再度頬を引っ張られた。

「痛いじゃない」

「……ローズベリー殿が笑うからだ」

むくれるエリックに「ごめん」と謝る。そうして言った。

「私もベリーでいいわよ。こっちが呼び捨てで呼んでいるのに、敬称を付けられるのはぞわぞわするわ」

「そう、か。そうだな。それではベリーと呼ばせてもらう。愛称か？」

「ええ、そう。私はローズでもいいと思うんだけどね。皆、ベリーって呼ぶから」

ローズの方が甘い感じが減っていいと思うのだが、何故か全員が全員ベリーと呼ぶので諦めている。

「確かに。君はローズというより、ベリーという感じがする」

「ええ？　それって髪の毛がピンク色だから？」

今はポニーテールにしている髪を指すと、エリックは首を横に振った。

「いや、違う。多分、笑った顔なんだ。君が笑うと……なんというか、甘く優しい気持ちになる。

だからローズではなくベリーなのではないかな」

「……そ、そう」

なんだか恥ずかしいことを言われてしまった。

妙に照れくさくなり黙り込む。エリックはそんな私の頭をポンポンと叩き、更に私を照れさせた。

◇◇◇

「うおっ、こ、これは……うまいっ‼」

「でしょう！　最高に美味しいでしょう」

無事に順番が来て、スペシャル生クリームを買うことができた。

水曜日限定のスペシャル生クリームは、いつものクレープより生クリームが濃いのだ。

濃厚なクリームが好きな人には堪《たま》らない美味しさで、どうやらエリックもそのひとりだったようだ。

「こんな美味しいものを今まで気づかず、食べ逃していたとは……！」

「その気持ち分かるわ～。私も最初に食べた時、同じことを思ったもの。『これを知らないまま、人生を過ごしていたとか、私は馬鹿か⁉』ってね」

「まさしくその通りだ……！　くうっ、うまい！」

感動しながら、スペシャル生クリームを頬張るエリック。これだけ喜んでくれたのなら、教えた甲斐《かい》があったというもの。

私も自分の分のクレープに齧《かじ》りつく。普段は食べられない濃厚な味わいはやはり特別な美味しさで癖になると思った。

「は～、美味しい～」

中にイチゴやバナナも入っているので、かなりの満足感もある。

露店から少し離れた場所で立ったままクレープを食べるというのは、貴族としてはあり得ないのだろうけど、それを気にするようではそもそも買い食いなどできるはずもない。

青空の下、美味しいものを心のままに楽しむ。これこそが買い食いの極意なのである。

「美味しかった～。ごちそうさま」

設置してあるゴミ箱にゴミを捨て、息を吐く。広場を見回した。この広場には他にも美味しい露店がいくつも出ているのだ。

次はどれを回ろうかなと思っていると、エリックが申し訳なさそうに言った。

「すまぬ。もう少し君のお勧めを食べてみたい気持ちはあるのだが、そろそろ時間切れのようだ」

広場にある時計を確認する。まだ夕方にもならない時間だったが、エリック的には限界みたいだ。

やはり、勝手に出てきたといっても、仕事を完全に放り出すような真似はしないのだ。

きちんと辻褄を最後に合わせているからこそ、彼の部下たちも嘆きつつも外に出ること自体をやめさせてはいないのだろう。

「そう、ですか。陛下にはお仕事がありますものね。分かりました」

言葉遣いを改め、告げる。

国王も頷いた。

「うむ。その、だな。君はどうする？」

「そうですね。もう少し食べていこうと思っていましたけど……帰るのもいいかもしれませんね」

夕食のことを考えると、控えておいた方が無難かもしれない。

今の素直な気持ちを答える。国王は頷き「送っていこう」と私に言った。

「女性をひとりで帰すわけにはいかないだろう。屋敷まで送る」

「いえ、結構です。通い慣れた道ですし、それに陛下にはお仕事があるでしょう？　私を送っていったらその分、お仕事が遅れますよ。それは良くないと思います」

気遣いは有り難いが、まだ明るいし、危ない道を通るわけでもない。

それに国王に送られる……というのは避けたい気持ちもあった。それこそ両親に見られたら、なんと答えればいいのだ。

一緒に買い食いをしていました、なんて絶対に言えるはずがない。

「そうか」

「ええ。お気遣いには感謝しますが、陛下は陛下のお仕事をなさって下さい」

「……分かった。そうさせてもらう」

申し訳なさそうな顔をされたが、本当に気にしてくれる必要はないのだ。

別れ際、国王が私の名前を呼ぶ。

「ベリー」

「？　なんですか？」

まだ何か用でもあるのだろうか。

首を傾げて彼を見る。国王ははにかみながら私に言った。

「その、だな。今日は楽しかった。できればまた君とふたりで食べ歩きなどをしたいと思うのだが」

「へ」

目を瞬かせる。

「教えてもらったサンドイッチも食べてみたいし、なんなら新しい店を一緒に発掘したいとも思うのだ。なかなかいない食べ歩きという同じ趣味を持つ者同士だろう？　……どうだろうか？」

「え、えっと、そう、ですね……」

なんと答えるのが正解なのか。

国王が私を食べ歩きの同志と認定してくれたようだというのは分かったが、今後もというのはできれば遠慮したい。

何せ相手は国王だ。国王相手に友達付き合い的なことはさすがにできないと思うから。

とはいえ、傷つけるような言葉を言うのも失礼だししたくない。

悩んだ末、私はとても曖昧な言葉を言うに留《とど》めた。

「そう、ですね。それならまた偶然町中で会えましたら、その時に」

約束はできないと言外に告げる。私が言いたいことは分かっただろうに、国王は嬉しそうだった。

「分かった。また次に会えたらその時には付き合ってくれ。それではな！」

さよならと大きな手を振り、国王が背を向ける。その姿はすぐに人混みに紛れ、見えなくなった。

「……私も帰ろ」

完全に姿が見えなくなったのを確認してから、私も屋敷に向かって歩き始めた。

しかし偶然というのは恐ろしいものだ。

まさかこんなにすぐに国王と再会するとは思わなかった。

「まあ、三度目はないでしょ。多分」

二度あることは三度あると言うが、さすがにそれはないだろう。

今日のようなことがそうあっても困るし。

それにもうすぐ、国王の結婚イベが起こると思うから。

自身に結婚の話が来れば、忙しさも増すだろう。気軽な気持ちで町中に出てくることはできなくなる。

だから、こんな出会いも今日が最初で最後。

「うん、忘れよ、忘れよ」

覚えていても仕方ない。

私は潔く今日のことを忘れようと決めた。

第三章　面倒な夜会

国王と偶然町で会ってから、ひと月ほどが過ぎた。

あれから何度か町に出向いてはいるが、幸か不幸か彼と鉢合わせになったことはない。

私はいつも通り、ひとりで食べ歩きを楽しみ、ライネスとお喋りをする日々を送っていた。

変わりない日常は、私にとって愛《いと》しくも大切なもの。

この日々が続くことを私は何よりも願っているのだ。

◇◇◇

「……どうしよう」

手紙を読み、途方に暮れる。隣では、父が「あまりにも不義理ではないか」と怒髪天を衝《つ》く勢いで怒っていた。

今夜は、王家主催の夜会。

三十歳以下の独身男女に出席が義務づけられたもので、二カ月前から開催が決まっていた。

年齢制限と独身男女ということからも分かるだろうが、これは国主催の婚活パーティーみたいなもの。

決まった婚約者のいない男女に出会いを……というノリなのである。

もちろん私も出席するしかなかったし、この日に合わせ、パートナーだって決めていた。

相手は、私の幼馴染みの公爵テレス・リーゼ。

そう、私の推しと悪役令嬢リリスを取り合っているもうひとりの男である。

彼とは気心の知れた仲なので、エスコートも頼みやすい。お願いした時は快諾してくれたし、私も安心していたのだけれど、今朝になって状況が変わった。

『すまない。お前と約束していたことは覚えている。だが、リリスを手に入れる絶好の機会を失いたくないんだ。今夜は彼女をエスコートしたい。オレの恋路をどうか応援してくれないか。不義理をするオレを許してくれ』

このような手紙が、リーゼ公爵家の執事から届けられたのだ。

手紙と、そして手紙を届けてくれた執事からの話を総合すると、どうやら昨日、想《おも》い人のエスコート相手がいなくなったとかで、彼は即座に立候補したらしい。

執事はとても言いづらそうに告げた。

「その……テレス様のライバルも立候補しようとしたのですが、彼はどうしても外せない仕事があるらしく、つまりテレス様がリリス様にアピールする絶好のチャンスと……」

「ああ……」

テレスのライバルは、プラート・ライン騎士団長。

団長である彼には城の警備という大事な仕事がある。リリスのパートナーに立候補はできなかったのだろう。

プラートが真面目な性格だと知っているので、恋よりも仕事を選ぶだろうことは分かるし、そういうところが好きだったのだ。……ゲームでだけど。

申し訳ないと何度も謝る執事と、怒り狂う父。

ふたりを見ながら、私は仕方ないかなと思っていた。

先日王城でプラートと睨み合いをしながらリリスを取り合っているテレスを見ているので、彼がどれだけ必死なのかも分かるのだ。

恋する人に振り向いてもらえるかもしれない機会となれば、ただの幼馴染みを切るのは当然のこと。

約束を反故《ほご》にされたことは残念だが、テレスの気持ちも分かるし、彼に対して恋愛感情を抱いているわけでもないので、まあいいか程度の気持ちだった。

というか、父が思ったよりも怒っていたので、怒る気もなくなったというのが正解かもしれない。

「お父様。大丈夫です。私、気にしていませんから」

「だが……お前」

父が気の毒そうな目で私を見てくる。今日の夜会は、パートナー必須とされている。

そんな中、ひとりで夜会に出たらどうなるか。皆に白い目で見られることは間違いない。

それを分かっているから父は怒ったのだし、今、目の前で小さくなっている執事もひたすら謝り続けているのだろう。

ふたりの気持ちはよく分かったが、ない袖は振れないので、怒り続けることに意味はないと思うのだ。

「本当に平気です。出席連絡をしていますから一応出向きはしますが、顔を出したらすぐに引き返してきますし。それくらいならパートナーがいなくてもなんとかなるでしょう」

「……今からでも誰か他の者を」

「いれば嬉しいですけど、当日になってはさすがに無理だとお父様も分かっていらっしゃるでしょう？　大丈夫。すぐに帰ってきますから」

「……」

黙り込む父。父もそうするしかないと理解しているのだろう。

私はまだ謝り続けている執事にも言った。

「あなたも、わざわざありがとう。もういいから帰って。テレスに宜しくね。あなたの恋が実るように応援してるって伝えてくれる？」

「……ローズベリー様……あの、うちの主人が、ほんっとうに申し訳ありません」

「いいからいいから。初めての恋だもの。やれるところまでやりたいわよね。あなたもテレスを支えてあげてね」

「はいっ……。失礼致します」

何度も頭を下げながら執事が帰っていく。

爵位としては向こうの方が上だが、リーゼ公爵家とは昔から親しく付き合っているし、それこそ父親同士が友人ということもあり、対等に近い関係を築けているのだ。

だからこそ、向こうもこちらを気にかけてくれるし、父も感情のままに怒ることができるのである。

「……ベリー、本当に大丈夫か？」

公爵家の馬車が去ったあと、父が心配そうに私に問う。

私は笑顔を作り、父に告げた。

「ええ、もちろん。大丈夫です」

もし、私が前世の記憶を取り戻していなかったら「そんなの無理だ」と泣いていたかもしれないけれど。

――もっと辛いこと、いくらでもあったものね。

前世では社会人だったのだ。そこまで生きていれば、辛いことなどいくらでも経験する。それを思い返せば、エスコート相手がいない程度ではビクともしない。

「ベリー……」

父がおいおいと泣きながら私に縋《すが》りつく。

娘が不憫《ふびん》だと思っているのだろうけど、どうして私ではなく父が泣くのだとちょっと呆れたのは秘密である。

ビクともしない――。それが真実であるとはいえ、やはり億劫《おっくう》であることは事実だ。

◇◇◇

武装する気分で、できる限りのドレスアップをして、ひとりで馬車に乗り、王城へ出向く。

夜の城は灯《あか》りに照らされ、幻想的な雰囲気を醸し出していた。

続々と馬車が到着する。当たり前だが、皆、エスコート相手と一緒だった。

ひとりなのは私だけである。

――うーん、浮いてるなあ。

気の弱い令嬢であれば、この時点でもう無理だと逃げ帰りかねなかっただろう。

私も以前までであれば、ここまでの勇気は持てなかったと思うので、前世の記憶があって良かったなあと、素直に思えた。

日本の会社員の記憶というのは、なかなか侮れないものがあるのだ。

お局《つぼね》様や意地悪な上司に日々理不尽な要求を突きつけられ、苦しんでいたことを思い出す。あの時の苦しさを思えば、今の状況なんて蚊に刺されたようなものだった。

――ふふっ。こんな風に前世の記憶が役に立つなんて、人生って分からないものね。

堂々と会場に続く廊下を歩く。

会場に入って、三十分ほど我慢すれば、出席義務も果たしたと見なされるだろう。

いつまでもエスコート相手もいない女が彷徨《うろつ》いていても、皆の邪魔だと思うので、皆のためにも私のためにも、さっさと帰ることが重要だと思っていた。

「……うーん、それにしても」

視線が痛い。

廊下を歩く私の一挙手一投足を皆が注目しているのが分かる。

エスコート相手がいない私を奇異の目で見ているのだ。令嬢やそのエスコート役の男性が、ヒソヒソと話している。

更には会場に飲み物を運んでいる女官たちまで、これ見よがしな視線を向けてくるのだから、いや本当に——前世の記憶があっても結構キツイな、これ！

「針のむしろに座るってこういうこと……」

日本の諺《ことわざ》を持ち出し、呟く。

もう本当に早く帰ってしまいたい。本音を言うのなら、今すぐUターンしたいところだけれど、ここまで来て欠席扱いになるのは釈然としないので、とりあえずは顔出ししておきたいのだ。

義務は果たしましたよという体裁は整えておきたい。

「ちょっと、あなた！」

「？」

気が重いと思いながらも歩いていると、目の前に誰かが立ち塞がった。

まるで行き先を塞ぐように両手を腰に当て、自信満々に立っている。

真っ赤なドレスは華やかで美しく、流行の最先端を意識しているのだろうことが分かった。

――わ、面倒なのに捕まった……。

自分の運の悪さに辟易《へきえき》する。よりによって彼女に捕まってしまうとは。

彼女は、エマ・レイン公爵令嬢。

公爵家の令嬢で、社交界では、いわゆるお局様的立ち位置にいる女性である。

エマはルールに厳しく、少しでも逸脱するものを決して許さない。

彼女に古いドレスを馬鹿にされたとか、細かいルールを覚えておらず叱責されたとか、飲食のマナーがなっていないと会場から追い出されたとか、そういう話は幾らでも聞くし、私も要注意人物だから覚えておくようにと友人たちから言われていた。

彼女に目を付けられたら終わりなのだと。

一度気に入らないと思ったら、相手の心を折るまで虐《いじ》め抜くのがエマ・レイン公爵令嬢という人物なのである。

そして今、その噂《うわさ》のエマ・レイン公爵令嬢が私の目の前に立っている。

彼女は獲物を見つけたような目をして、私を見ていた。

――これ、間違いなくロックオンされてるわよね。

まあ、そうだろうなと思う。

何せ、エスコート相手必須の夜会に、のこのことひとりで現れたのだから。

とても面倒なことになったぞと思いながらも立ち止まる。

彼女はジロジロと私を見定めた。そうして詰問口調で告げる。

「確か、テリントン侯爵の娘だったわよね？」

「はい。ローズベリー・テリントンと申します」

物怖《ものお》じせず返事をすると、少し感心したような顔をされた。

「宜しい。ドレスは……まあ、合格ね。今の流行に合った良いドレスだわ。でも」

パン、と持っていた扇を閉じる。レースの手袋を嵌めた己の手に何度も扇を打ちつけ、わざとらしく周囲を見回した。

「今夜は、エスコート必須の夜会。それで？　あなたのお相手はどちらにいらっしゃるのかしら」

彼女の言葉とほぼ同時に、クスクスという笑い声が響く。

馬鹿にするような笑いは、虐めの現場でよく聞くものと同じだった。

――これ、本当に私が十代の女の子だったら、泣いているよね。

いや、こんな陰湿な虐め、十代でなくても泣くかもしれない。

ただ、幸いにも私は二十代くらいの記憶と、この世界で十九年間生きてきた記憶がある。つまり合計四十年分くらいの記憶持ちなのだ。

四十才。……さすがに、二十代前半の小娘に嘲笑われたところで、そよ風が吹いたくらいにしか思わない。私もずいぶんと神経が図太くなったものだ。己の進化に吃驚である。

「エスコート相手はいません。残念ながら、頼んでいたお相手に事情ができてお断りされてしまいましたので」

話してもいいだろうと思うところだけを正直に告げる。

エマは大袈裟《おおげさ》に驚いてみせた。

「まあ！　それはお気の毒なことね。でも、ルールはルール。特に王城で開かれる夜会に、ルールを無視した方に来て欲しくないの。どうして欠席なさらなかったの？」

「出席すると答えてしまったあとでしたので、欠席は失礼になるかと思いました」

「あら、そうなの。確かにそうかもしれないわね。でも、この場合、欠席した方がよかったかもしれないわ。だって周囲に不快感を与えることになるのだもの。あなた、まだ社交界にデビューしたばかりで、常識もよく知りはしないのでしょう？　ご両親の教育がなっていないのかもしれないわね」

立て板に水の如《ごと》く、イヤミを言われる。

本当に欠席してもよかったのならしたが、出席の返事をした以上、顔を出さなくてはいけないと知っているのだ。

エマが言っているのは、あくまでも『自分たちが不快だから来るんじゃない』ということ。

ルールに厳しいというわりに、そういうところは無視するんだなと内心感心しながらも、彼女のイヤミを聞き続けた。

エマがつらつらと、自分流に解釈したルールを語る。しまいには醜い笑みを浮かべ、私に言ってのけた。

「何も知らないあなたに、私自ら夜会の心得を教えて差し上げても宜しくてよ？」

それは要らない。

本当に、前世のお局様みたいなことを言う人だなあと冷静に思う。

相変わらず、周囲には誰ひとり私の味方はいないようで、皆、こちらを注視しながらクスクス笑っているだけだ。

別にこの程度で泣いたりはしないけど、正直いい加減解放して欲しい。

うんざりした気分で周りを見る。

「あ」

偶然、飲み物を運んでいた女官が身体のバランスを崩すのが見えた。

グラリと身体が揺れる。

彼女はトレイにたくさんのグラスを載せており、放っておけば大惨事になると思った。

反射的に駆け出す。

「危ないっ！」

まだご高説を語っているエマを無視し、女官へと駆け寄った。

「っ！」

――よし、間に合った！

体勢を崩し、倒れそうになっていた女官だったが、なんとか倒れきる前に後ろから支えることができホッとした。ただ、トレイに載っていたグラスから飲み物が零れ、少しドレスの裾にかかってしまったようだ。とはいえ、些細《ささい》なこと。グラスが割れて、破片で怪我《けが》をするより余程いいし、幸いにも中に入っていたのは水のようで、乾けば支障もないだろう。

「っ！　あっ……ありがとう、ございます」

体勢を崩しかけた女官が焦った顔をして、後ろから支えた私を見た。驚いた顔をされたのは、助けたのが私だとは思わなかったからだろう。

嘲笑っていた相手に助けられるのは複雑かもしれないだろうが、そんなこと言っている場合ではなかったのでそこは目を瞑《つぶ》っておいて欲しい。

「無事で良かったわ。大丈夫？」

「は、はい」

気まずそうに返事をする女官は、目の下に大きな隈《くま》ができていた。どうやら相当疲労しているようだ。あまり休んでいないのだろうか。

前世の社会人時代を思い出し、働くって大変だよねと一気に同情した私は、彼女に声をかけた。

「目の下の隈がひどいけど、もしかして疲れてる？　それなら少し休憩させてもらった方がいいわ。疲労はよからぬ怪我を呼び込む元になるし、精神を病む原因にもなるから、気をつけてね」

「えっ、あ……」

「そこの女官。可能なら、彼女を休ませてあげてちょうだい」

「は、はい……」

彼女と一緒にいたもうひとりの女官に声をかける。女官はハッとしたように頷き、彼女の側に駆け寄った。私に向かって頭を下げる。

「その、ありがとうございました」

「いいのよ」

「そ、その……お召し物を濡《ぬ》らしてしまいまして」

助けた女官が顔色を青くさせながら謝る。どうやらドレスが濡れていることに気づいたようだ。

「ほ、本当に申し訳ありません」

「気にしないで。私が勝手にしたことなんだから、あなたに罪はないわ。それに零れたのは水でしょう？　そのうち乾くと思うから大丈夫よ」

「で、ですが……」

「本当に平気だから。ね？」

もうひとりの女官に視線を送る。彼女は深々と頭を下げ、同僚を連れて行った。

ほう、と息を吐く。

気づけば、辺りはしんと静まり返っていた。

先ほどまでの私を馬鹿にした空気も消えている。そんな中、私は放置していたエマの元へと戻り、頭を下げた。

「失礼致しました。状況が状況でしたので、お叱りの途中で場を離れたことは許していただけると助かります。えっと、それで？　どういう話でしたっけ。確か、常識を知らない私にルールとやらを教えて下さるのでしたよね？」

こういうタイプは、最後まできちんと話を聞いておかないと、後々もっと厄介なことになるのだ。

それを前世の経験から知っていたので声をかけたのだが、何故かエマは先ほどまでの勢いを失っていた。

「そ、そう、ね」

「エマ様？」

「な、なんでもないわ。そ、そうよね。礼儀。まずはあなたに礼儀を叩き込んであげようかしら。公爵令嬢たるこの私を放置など、二度とできないように！」

喋っているうちに調子を取り戻したのか、あっという間に声に張りが戻ってきた。

すこぶる面倒ではあるが、聞いているうちにドレスも乾くだろうし、時間つぶしになっていいか。そんな風に思っていると、低く、よく通る声がその場に響いた。

「――待たせたな」

「？」

大きい声ではないのに、響きに無視できない威圧のようなものを感じる。

エマも喋るのをやめ、声のした方を向いた。私も彼女に倣《なら》う。

「あ……」

「ベリー、探したぞ。そのようなところにいるとは思わなかった」

こちらに向かってゆったりと歩いてくるのは、国王だった。

夜会だからだろう。今まで見たのとは全然違う華やかな夜会服を着ている。髪はすっきりと後ろに流し、固めていた。

突然の国王登場に、全員が固まっている。そんな中、私の目の前まで悠々とやってきた国王はにっこりと笑った。

「え……」

「ベリー、そのドレス、よく似合っている。裾が濡れてしまっているようだが、大丈夫か？」

完全にエマを無視し、話しかけてくる国王に、私は困惑しつつも返事をした。

「は、はい。濡れたといっても水がかかっただけですので、すぐに乾くと思いますし」

「先ほどの君の行動は見事の一言だった。女官を助けてくれてありがとう。城を管理する者として礼を言う」

「い、いえ。当然のことをしたまでですから」

気づけば助けるのは当たり前。そう告げると、国王は大きく頷いた。

「そうだな。人を助けるというのは、当たり前のことだ。……いや、しかし、自分の都合の良いよう改変したルールを押しつけようとした者とは大違いだな。なあ？　君はどう思う？」

「わ、私は……」

目線を向けられ、エマが震え上がる。自分のことを言われていると察したのだろう。

さすがに国王に目を付けられては、公爵令嬢といえども太刀打ちできない。彼女は言い訳するように口を開こうとしたが、その前に国王が言った。

「己の行いは己が一番知っていることだろう。すまないが、彼女は私が先約なのだ。譲ってもらっても構わないか？」

「そ、それは……はい」

「ありがとう。――ああ、それと君は邪魔だからさっさと消えてもらえると助かる」

「っ……！　御前、失礼致します……」

エマが震えながらも頭を下げ、夜会会場の方ではなく、城の出口の方へ向かって走り去っていく。どうやら帰宅するようだ。国王に目を付けられた状態で、夜会に出席することはできないということだろうか。

国王がぐるりと周囲に目を向けた。

突然の国王登場に動けなくなっていた人たちが、さっと頭を下げた。

国王が薄《うっす》らと微笑みながら皆に告げる。

「ふむ。そういえば君たちもだったか。彼女に対し、ずいぶんと不躾《ぶしつけ》な視線を向けていたようだが……」

エスコート相手を連れずやってきた私を笑いものにしていたことを見られていたと知った皆が、一斉に青ざめる。

彼らは慌てて口々に「とんでもない。そのようなことは決してしていません」と苦しすぎる言い訳をして、蜘蛛《くも》の子を散らすように逃げていった。

あっという間に、私たち以外誰もいなくなってしまう。

「……わあ」

呆れのような声が出る。

全くもって、国王効果はすごい。

鬱陶しかったのが、一瞬でなくなってしまった。権力者というのが如何《いか》にすごいのか思い知った心地だ。

私は側に立つ人を見上げ、口を開いた。

「どうして陛下がこちらに？」

「私が来てはおかしいか」

おかしくはないが、夜会の主催者がいる場所ではないだろう。だけど助けてもらえたのは有り難かった。いい加減絡まれるのも疲れていたのだ。

「ありがとうございます、助かりました」

お礼を言うと、何故か渋い顔をされてしまった。

「礼を言われるようなことはしていない。むしろ責められるべきだな。何せ、君がレイン公爵令嬢に絡まれる前から見ていたのだから」

「そうなんですか？　まあ、陛下にもお考えがあるのでしょうし、結果として私は助かりましたから、別にそれは構いませんが」

「……君が、エスコート相手からドタキャンされたと知ったのだ」

「え……？」

パチパチと目を瞬かせる。国王は唇を嚙《か》み、なんとも言えない顔をしていた。

「君のエスコート相手は、リーゼ公爵だっただろう。事前に資料に目を通していたから知っている。

だが、先ほどリーゼ公爵がランダリア公爵令嬢をエスコートしているのを会場で見かけた。それで君がどうなっているのか気になって――」

どうやら国王は、エスコート相手を失った私を気にして、わざわざ様子を見に来てくれたらしかった。

「陛下……」

「エスコート相手必須の夜会にひとり顔を出すのは辛いだろう。私としては休んでくれてもよかったのだが、出席連絡があった以上、来ないわけにもいかないだろう。君が……その、困っているのではと思ったのだ」

目を丸くする。なんだかとても優しい気持ちが胸から込み上げてきて、私は笑みを浮かべた。

「お気遣いありがとうございます。でも、大丈夫ですよ」

「う、うむ……実は、ここへ来た時に、すぐにでも助けようと思ったのだ。その、皆にあまりいい目で見られていないようだったから。だが、君の強さに呆気にとられて、助けに入るのが遅れてしまった。大変申し訳ない」

へにょんと眉が下がる。なんだか可愛い人だなと思った。

「謝る必要はありませんよ。でも、強い、ですか？」

「ああ。皆の嘲笑にも負けず、レイン公爵令嬢のイヤミにも平然と対応していただろう。普通の令嬢にはできないことだと……ああいや、別に君が変わっているとか、悪い意味で言っているのではない！」

誤解されては困ると思ったのか、国王が焦ったように否定してくる。

「大丈夫です。誤解はしていませんから。褒めていただけたんですよね？」

「そ、そう。そうだ！」

「ありがとうございます。幸い、神経は図太い方なので、あまりダメージは受けなかったんです。でも、陛下に来ていただけたのは正直助かりました。何せ夜会の心得とやらを聞かされるところでしたので。面倒だなあって思っていたんです」

ああいう手合いの説教は基本、長いのだ。皆に嘲笑われながら説教を受けるのは、いくら社会人経験があって合計四十才越えの私でも嫌だと思うし、避けられるのなら避けたい。

だって――。

「時間の無駄ですよね」

「無駄？」

素っ頓狂な声を上げる国王に頷いてみせる。

「ええ。だって無駄に時間を消費するでしょう？　せっかく勇気を出してひとりでここまで来たんですから、少しでも楽しく過ごしたいんですよ。具体的には夜会で出される食事を楽しみにして来たんです。顔を出して食事をして、あとはささっと帰れば、使命は果たしたことになるだろうって。完璧でしょ？」

最後の言葉を笑いながら告げる。国王は大きく目を見開き、信じられないものを見るような目で私を見ていたが、何故か次の瞬間破顔した。

「は、ははは っ……！　無駄、か。確かにその通りだ。……だが、エスコート相手のいない夜会への出席に、令嬢たちの心ないイヤミや視線の数々。泣いても当然だろうに、逆に笑えるとは驚きだな」

「笑うしかないとも言いますよね」

どうしようもない時ほど、逆に笑うしかなくなるのだ。そう告げると、国王は頷いた。

「確かに！　だが、君には相手を助ける行動力と本心から無駄と言ってのけられる精神力があるではないか。うむ、見事だとしか言いようがない。君は本当に強いな」

心から感心した様子で言われたが、これは私が前世持ちだったからだ。

前世を思い出していなかったら普通に泣いていたと思うので、あまり褒められすぎるのは居心地が悪い。

「あはは、ありがとうございます。えっと、それでは、私も失礼しますね。会場に行かなければなりませんから。その、本当にありがとうございました。来て下さって嬉しかったです」

これだけは言っておかなければと思い、告げる。

誰も味方がいない中、助けてもらえたのは本当に有り難かったのだ。ダメージを受けていないから大丈夫とかではない。それこそ精神的に救われた心地だったから、きちんとお礼は言っておきたかった。

「では」

王族に対する礼を取り、国王に背を向ける。だが、そんな私を彼は何故だか呼び止めた。

「待て」

「？　なんですか？」

国王が私の隣に並ぶ。妙に輝かしい笑みを向けてきた。何故かその笑顔に悪寒が走る。すごく嫌な予感がした。

「陛下？」

「せっかくだ。私が君のエスコート役を務めてやろう」

「えっ……」

「先ほど皆の前で、待ち合わせをしていた……みたいな感じを装ったしな。むしろ私が君を連れて現れれば、そういうことだったのかと納得するだろう」

「そういうことだったって、どういうことですか⁉」

全然分からない。

混乱する私に、国王は上機嫌で告げる。

「それにちょうどいい。今日の夜会はエスコート相手必須。それなのに主催者である私には相手がいないのだからな。考えてみればおかしなことだ。うむ。主催者自らがルールを破るのも良くない。ここは独り者同士、協力し合うのが一番の平和的解決に繋がると思うがどうだ？」

「なんにも解決していませんよね⁉　陛下がおひとりなのは、全く問題ありませんし、私をエスコートなどすればむしろ場が混乱するだけですから、つまらない思いつきを実行しようとするのはおやめ下さい！」

自由すぎる国王の発想についていけない。

自分にもエスコート相手がいないからちょうどいいとか、どうしたらそんな風に思えるのだ。

だが、すっかり国王はその気になっている。

「うむ、うむ。良いアイディアだ」

「全然よくありません！」

「そうか？　ひとりぽつねんと玉座に座る私が可哀想《かわいそう》だとは思わないか？」

「今、この時だけは、全く思いませんね！」

私が当事者になると分かっているだけに引けない。

国王にエスコート役を務められるとか、どんな大騒ぎになると思うのだ。

皆、私に注目するだろうし、今後、今日のことを揶揄《やゆ》されるのは間違いない。

——い、嫌だ。無駄に敵を作りたくない……。

私は平穏に毎日を生きていきたいのだ。せっかくゲームからも解放されているというのに、別の意味で大変な生活を送りたくはない。

「全力でお断りさせていただきますっ！」

「ははっ。却下だ」

「なにゆえっ⁉」

「君が本気で断っているからだな」

「天邪鬼《あまのじゃく》ですか、陛下！」

それは最早嫌がらせではないだろうか。

青ざめる私に国王が言う。

「そうだな。私を利用してどうにかなってやろうという気がないから、とでも言えばいいか？　良いではないか。せっかく興が乗ったのだ。一曲、相手をしてくれ」

「嫌です。お断りです。私、帰りますね！」

「ほら、君も女だろう。腹を括《くく》れ。行くぞ」

「いやああああああ」

最早、出欠などどうでもいい。回れ右をして帰ろうとしたが、腕を掴まれ、逃げられない。

国王はそのままズルズルと私を引っ張っていく。抵抗しているが、ビクともしない。

「陛下、陛下がご乱心……！」

「いちいち面白いな、君は。私がエスコート役を務めてやると言えば、大概の令嬢は喜ぶと思うぞ？」

「私はその『大概』には入らないので！　皆の恨みは買いたくないんですよ。分かって下さい～」

「うむうむ。虐められたら守ってやろうな」

「違う、そうじゃない……」

こっちの言いたいことを理解していての返しだと分かるだけに性質《たち》が悪い。そうこうしているうちに、会場に着いてしまった。

「ああ……あああ……」

「ここまで来たら、諦めるしかないだろう。一時のことだと思い、覚悟を決めろ」

「なんで……こんなことに……」

全く望んでいないのにと思いつつ、仕方なく気持ちを切り替える。

さすがに会場に着いてまで醜態を晒《さら》す気はないのだ。連れて来られてしまえば、国王の言う通り、腹を括るしかなく……ああもう本当に仕方ない。

「分かりました。それでは一曲だけお付き合いします」

すっくと背筋を伸ばし、国王に告げる。彼は面白そうな顔になった。

「ほう？　風向きが変わったな。付き合ってくれるのか」

「ここまで来てしまえば仕方ないですからね。それに、エスコートしていただけること自体は有り難いです。相手がいないのは、やっぱりちょっと辛かったですし」

その相手が国王になるのはどうなのだとは今も思っているが、決まったことに文句を言うのも大人げない。

空元気ではあったが、笑ってみせる。国王は目を見開き、次に嬉しそうに笑った。

「……良いな。本当に君は良い」

「？　陛下」

「さあ、入場だ。私のパートナーを皆に見せつけてやろう」

「はいはい、ご随意に」

腕を差し出されたので、その腕に己の手を絡める。会場内に足を踏み入れた。

国王の入場に気づいた皆が、一斉にこちらを見る。あっという間にその表情に驚愕が広がっていった。

――うん……まあ、そうなるよね。

未婚の国王が、侯爵家の令嬢をエスコートして現れたのだ。動揺も注目もされるだろう。

心から目立ちたくないと思っていると、国王の側近と思われる人たちが、目玉を零さんばかりに見開き、驚いているのが見えた。

「へ、陛下⁉」

案の定、声もひっくり返っている。

国王は彼らに「今夜は彼女のエスコートをすることに決めた」とあっさり告げ、私を連れてダンスホールの中央に向かった。

全員、私たちを見つめたままで、誰も何も言えない。

「おお、そこを空けてくれるか。彼女と一曲踊ろうと思うのでな」

国王が声をかける。

踊っていた人たちが飛び退くように、国王のために場所を空けた。

大きな広間の二階には宮廷楽団がいて、音楽を奏でていたが、国王の視線を受け、ワルツを奏で出す。

「ワルツだ。踊れるな？」

悪戯《いたずら》っ子のような視線を向けられ、頷いた。社交界デビューを果たした身だ。最低限のダンスは踊れる。

「はい。得意とは言いませんが、それなりに」

「よし。私は苦手だから宜しく頼むぞ」

「えっ……!?」

苦手なら、何故それを選んだ。

ギョッとする私を余所《よそ》に、国王が実に楽しげに踊り出す。こうなれば仕方ない。パートナーが踊り始めたのだからと、私も彼に倣った……のだけれど。

「……陛下。苦手とか嘘ですよね？」

ダンスをしながら小さく囁《ささや》く。どうなることかと心配しながら挑んだワルツ。

苦手と聞いたが、吃驚するくらいに国王は巧みにステップを踏んでいた。

苦手とは……？　と小一時間問い詰めたくなるくらいには上手い。思わず国王を睨《ね》めつけると、彼は快活に笑った。

「何、嘘ではない。こういう場が得意でないのは本当なのだ」

「ダンス、お上手ですけど？」

「定型的に踊るだけならな。それ以上はさっぱりだから、期待してくれるな」

「驚かせないで下さいよ」

「ははっ、すまんな」

楽しげに返され、力が抜けた。なんだかこの人相手に緊張するのが馬鹿らしいと思えてきたのだ。

国王とのダンスだからと気を張っていたのが、少しずつ解けてくる。

——うん、ちょっと楽しいかな。

目立ちたくない気持ちは今もあるし、変に誤解されたくないとも思っているが、楽しいと感じたのも本当だった。

「ふむ、君もなかなかの巧者だな」

「陛下のリードがお上手なだけですよ」

小声で話しながらダンスを続ける。ふと、痛いくらいの視線を感じた。

国王と踊っているのだ。目立つのも注目されているのも分かっているけれど、一際強い視線が気になり、そちらを見る。

「あ……」

何故だろう。ぞくりと背中が悪寒に震えた。

私を見ていたのは、リリス・ランダリア公爵令嬢だった。美しい青のドレスに身を包んだ彼女は何故か強く私を睨みつけている。その隣には、私のエスコートを断ったテレスがいて、驚きの目でこちらを見ていた。

——悪役令嬢のリリス……。彼女もここに来ていたんだ。

考えてみれば当たり前である。

今日の夜会は三十歳以下未婚男女限定。彼女もその条件に当てはまるし、そもそも私がひとりで来る羽目になったのは、彼女のエスコートをしたいとテレスが言ってきたからだ。

リリスはまるで親の敵を見るように私を見ている。腹立たしいと言わんばかりの表情が、どういう意味を持つのか私には分からなかったが、表現しようのない恐ろしさを感じていた。

「……」

ワルツが終わる。

割れんばかりの拍手が送られた。にこにこしながら皆に応える国王。私は国王の足を踏むことなくダンスを終えられたことにホッとしながら、そっとその側を離れた。

約束していたのは一曲で、その義務は果たした。もう離れても許されるだろうと思ったのだ。

それに、皆に注目されているのが思った以上に辛い。

リリスの視線も怖かったし、これならエマに夜会の心得とやらを聞かされている方がマシだったと思うレベルだった。

もう勘弁して欲しい。

国王から離れ、更に喧噪《けんそう》から逃れるように、会場の隅へ行く。窓際に近づくと、分厚いカーテンが引いてあったが、窓自体は開いており、バルコニーに出られるようになっていた。

「……ここで休憩しよう」

そして、ほとぼりが冷めた頃を見計らって帰るのだ。

顔出しの任は務めたのだから帰っても許されるだろう。顔出しどころの騒ぎではなかった気もするが、気にしては負けだ。

今日のことはなかったことにして、日々を送る。それが平穏な毎日を送るためには必要な技能なのだと分かっていた。

「……涼しい」

バルコニーに出ると冷たい夜風が頬に当たる。火照っていた身体にはとても心地よかった。

欄干を握り、夜空を見上げる。すでに時間は遅く、空には星が瞬いていた。

「綺麗。ま、こんなことも二度とないしね。一生に一度だと思えばこういうのもアリかあ」

空を見ながら呟く。

人の噂も七十五日という。しばらく屋敷で大人しくしていれば、今夜のことも皆の記憶から忘れ去られるだろう。

それでいいし、そうでなければ困ると思っていると「何が二度とないのだ？」という声が後ろから聞こえてきた。

「えっ……」

「ひどいではないか。私を置いて出て行くとは。今夜限りのこととはいえ、私は君のパートナーだぞ」

ムッと口を尖らせながら私に続いてバルコニーに出てきたのは、国王だった。

「陛下⁉　こんなところに来て大丈夫なんですか⁉」

主催の国王がバルコニーに来て平気なのかと心配したが、彼は「君がこんなところに来るからだろう」と取り合わない。

「ちょっと目を離したらいなくなっていたから吃驚したぞ。全く……」

「全くじゃありませんよ。それはこちらの台詞《セリフ》です。ほら、早く会場に戻って下さい。陛下がいらっしゃらないと皆、困りますから」

「大丈夫だ。ちゃんとパートナーを探しに行くと伝えてきた」

「大丈夫じゃないんですよねー」

自信満々に言うことじゃない。おそらくそれに対し、お付きの人たちは「いけません」と国王を止めただろうし、きっとこの人は無視して出てきたのだ。

「いいよとは言われていないんでしょう?」

「よく分かったな、その通りだ」

「もう……」

堂々と開き直られてしまえば、それ以上詰め寄るのも馬鹿らしい。

本人が良いと言っているのなら構わないかと気にしないことにした。

「仕方のない人ですね」

「……前から思っていたのだが、君は私に対して必要以上にはへりくだらないな。いや、国王として敬ってくれているのは分かっているが、なんというか自然だ。今も、当たり前のように私を受け入れてくれているし、君とのやり取りは心地いい」

「そうですか? 私は、寿命がいくらあっても足りないって思っていますけど。陛下って、わりと色々やらかしてくれるタイプみたいですから」

突然、エスコート役に立候補してきたり、断っても引き摺《ず》っていったり……あと、突然町中の紅茶専門店に現れたりすることもそうだ。

今だって私は彼に振り回されていて、気づけば彼に出会ってからずっとこんな感じのような気がする。

「……君も十分に私を振り回してくれていると思うぞ」

「そうですか？」

それは心外だ。

私はごくごく一般的に振る舞っている。断じて国王を振り回してなどいない。

「ああ。君みたいに、こんなに言いたいことを素直に口にしてくれる女性は今までいなかった。皆、私の顔色を窺って……いや、当たり前だとは思うのだが」

「当たり前ですね。私は……いえ、私も窺いたいんですよ？　ですが陛下がいつも私の想像の斜め上なことばかりして下さるから——」

「君といると、いつもより素の自分を出せる気がするのだ。なんというか、すごく楽しくて」

「え……陛下……？」

何故だろう。

国王の纏《まと》う空気が変わった気がした。彼の目が真剣味を帯びている。この場から逃げることを許さないような雰囲気が漂っていた。

「……その、陛下というの、気に入らないいな」

「え」

「エリックと。前に会った時はそう呼んでくれていたではないか」

「や、それは……陛下の正体を周囲に知られないためで……」

買い食いの時の話をしているのだと悟り、慌てて言う。だが、国王は納得できないというように眉を中央に寄せていた。

「私は、君に名前で呼ばれたい。もちろん君のことはベリーと……ああ、先ほど君に声をかけた時、ベリーと呼べたのは心地よかったな。まるで君が私の恋人であるかのような気持ちになった。そんな風に思うのはおかしいと思っていたが……そうか」

「……」

腑《ふ》に落ちた、というような顔をする国王。

私は何も言えず、ただ、固唾を呑んで国王を見つめていた。

一体彼が何を口にするのか、聞きたいような聞きたくないような……自分でも判断がつかない。

「へい、か」

「エリック、と」

「……」

「エリックと呼んでくれ、ベリー。君にはそう呼ばれたい」

「……それは、何故、ですか？」

聞いてはいけないと思うのに、聞いてしまった。

国王は目を瞬かせ、フッと表情を緩め、笑った。

「君が好きだからだ、ベリー。どうやら私は君を愛してしまったようだ」

「っ！」

はっきりとした言葉に目を見開く。国王は優しい目つきで私を見た。

「どうか、私の恋人になって欲しい。その、ゆくゆくは結婚も視野に入れてくれると嬉しいのだが……いや、さすがにそれはまだ早いか」

どこか照れたように告げる国王。その様子は真摯で、嘘を吐いているようには見えない。

私はそんな彼を穴が開いてしまうかと思うくらいに凝視し……覚悟を決めて口を開いた。

「ごめんなさい。お断りさせて下さい」

少しの間、沈黙が流れる。返ってきたのは静かな言葉だった。

「……何故？　私が嫌いか？」

「嫌いではありません。でも、失礼ながら私はあなたのことを男性として見てはおりません。恋人になって欲しいと言われても困るのです」

今の私の正直な気持ちだった。

好きだと言ってもらえたこと自体は嬉しい。好意を抱かれ、有り難いとも思う。だけど、私は国王を『そういう意味』では見ていない。

だから、応えることはできないのだ。

国王が「ふむ」と頷く。

「……普通、国王に好かれたら、嬉しいのではないか？」

「そうかもしれませんね。でも、私は違うので。好意をいただけたことは有り難いと思いますけど、応えられないのに『はい』を言うことはできません」

「誠実だな。どこかの誰かさんに聞かせたい言葉だ。しかし、今の言葉を聞いて、より一層君を得たいと思ってしまったぞ」

「そう言われましても……」

困る。

だって、国王はそのうち隣国ノリスから妃を迎える予定があるのだ。

それはどうあっても避けられないイベント。

だって、クランブルとノリスは今も周辺諸国から狙われていて、どこかで戦争が起こるから。追い返すにはノリスから王女を迎えて軍事同盟を結び、防衛力を強化するしかない。

そのことを知っているからこそ余計に彼を受け入れられないと思ってしまう。

——彼を好きになっても虚《むな》しいだけだもの。

正妃をノリスから娶るのなら、私は側妃として迎えられるのだろう。

それは、想像するだけでも辛いと思う。

私は元日本人だった記憶を持つ女で、複数でひとりの男をシェアする感覚を持っていない。

たとえ、愛されているのが自分だとしても、無理だ。心が保《も》たない。

もし彼を好きになってしまったら、地獄の未来しか見えないのは分かっている。

だから国王を男として見ていない今のうちに、はっきりとお断りしておきたい。

それが私の正直な気持ち。

「ごめんなさい、無理です」

きちんと言葉にして告げる。

曖昧なことは言わない。脈はないのだと相手に分からせるのが大事なのだ。

「……分かった」

しばらく沈黙が続いたが、やがて国王から返事があった。

分かってくれたのかと胸を撫で下ろす。だが、続けられた言葉に愕然とした。

「それなら私の本気を見せようではないか。これから毎日、君を口説くことにするから覚悟してくれ」

「は？」

——なんでそうなった⁉

分かったのあとに、まさかの言葉が続き、唖然とする。

国王は無駄にキリッとした表情で告げた。

「私も別に伊達《だて》や酔狂で好きだと告白しているわけではないのだ。一度断られたくらいで諦める程度の想いだと侮ってもらっては困る」

「い、いえ、侮ってなんていませんし、本気だということは十分分かっていますけど……」

「私自身、誰かを好きになることなどないと思っていただけに驚きだが、好きだと気づいてしまった以上は仕方ない。全力で君を手に入れるために頑張らせてもらうことにしよう。楽しみにしていてくれ」

「頑張って下さいなんて、私一言も言っていないんですけど⁉」

断ったのに、何故か楽しみにしていろと言われ、困惑した。

「お断りすると言いましたよね⁉」

「ああ、聞いた」

「それがどうして頑張るに繋がるんです？」

「諦める気がないからだな。せっかく恋をしたのだ。叶《かな》えたいと思うのは当然ではないか」

「私は嫌だって言ってるんですけど？」

「だから振り向いてもらえるよう努力する」

「……ああああああ」

駄目だ、話が通じない。思わず頭を抱えた。

——え、え、え、これ、私が間違ってるの？　私、はっきり断ったよね？　なんでこんなことに？

そもそもこんな展開ありなの⁉

愕然とするしかない私に、国王がムカックくらいに爽やかな笑みを浮かべて告げる。

「悪いな。厄介な男に惚《ほ》れられたと思って、諦めてくれ」

「諦めたくないですけど⁉」

「ははは。——私の本気を思い知れ」

最後の言葉を、やけに凄《すご》みの籠もった声で言われ、ゾクリとした。

私はただ、今日の夜会を平穏無事に終わらせたかっただけなのに。

どうしてこんなことになったと思うも、今更後戻りはできないわけで。

私は蛇に睨まれた蛙《かえる》のような気持ちになりながらも「もう、勝手にして下さい！」と叫び、その場から脱兎《だっと》の如く逃げ出した。

第四章　悪役令嬢との邂逅《かいこう》

幸いなことに逃げた私を国王は追いかけてこなかった。

大混乱を起こしながらも私は屋敷に帰り、自分の部屋へと駆け込んだのだけれども、なんと早速、次の日から彼の攻勢は始まった。

「ベリー、会いに来たぞ！」

「……」

堂々と屋敷にやってきた国王を呆然と見つめる。

私の隣では父が泡を吹いていた。母もブルブルと震えている。

どうやら何が起こっているのか理解できないらしい。

分かる。

「へ、陛下……どうしてここに」

「私の本気を見せると昨日言ったばかりだろう。冗談ではないと分かってもらうために今日は来たのだ。テリントン侯爵、実は私は君の娘に惚れてしまってな。口説き落とすつもりなので、邪魔をしないでくれると有り難い」

「へ、陛下が娘を……!?」

ギュンという音がしそうな勢いで、両親が私を見る。私はブンブンと首を横に振った。

「わ、私はちゃんと断って……」

「うむ。私はお断りされてしまってな。だが、諦めきれないので、こうして通うことにしたというわけだ。無事、口説き落とした暁には、ベリーを貰い受ける話をする予定だから、そのつもりでいてくれると嬉しい」

「か、畏まりました!」

「畏まらないで!!」

ガンガンに外堀から埋めていこうとする国王にギョッとする。父は直立不動で返事をしたが、頼むからもっとしっかりしてくれないか。

私は父の肩を掴むと、思い切り揺さぶった。

「お父様、お父様。しっかりして下さい。私の方にその気はありません……!」

「今はな。だが、近いうち必ず『うん』と言わせてみせる」

「陛下! 余計なことを言わないで下さい!」

ぎりっと国王を睨む。だが彼は不思議そうに首を傾げるだけだった。

「余計? 私は真実しか口にしていないが……? おお、そうだ。肝心なことを忘れていた。ベリー、これは君のために持ってきたのだ。君にはピンク色のチューリップが似合うと思った。迷惑だろうか」

国王が、両手に持っていた花束を差し出してくる。

チューリップの花束はとても可愛かったが、貰っていいものとも分からない。躊躇《ためら》う私に、国王は花を押しつけてくる。

「貰ってくれ。花自体に深い意味はない。ただ、私の気持ちを伝えたかっただけだ。それに君が貰ってくれないと、花が可哀想だろう？」

「……ありがとうございます」

そう言われれば受け取らないわけにもいかない。

複雑な気持ちで花束を貰い受ける。

五十本はあると思われるチューリップの花束は重かったが、とても良い匂いがした。

ピンク色のチューリップの花言葉が『誠実な愛』であることをなんとなく思い出す。

「気に入ってくれたか？」

「はい、とても綺麗《きれい》です」

嘘を吐くのは違うと思ったので正直に告げると、国王はホッとしたように息を吐いた。

もしかして、嫌がられると思ったのだろうか。

緊張していたのなら、それはちょっと可愛いかもしれない。

「良かった。その、一晩よく考えてみたのだが、やはり私は君のことが好きみたいだ。全く諦めようと思えないから、悪いが、できるだけ早く落ちてくれると助かる」

「……」

微笑ましいとフワフワしていた気持ちが、一瞬で下降した。

振られたくせに往生際が悪すぎる。

普通は『ごめんなさい』と言われたら『はい、分かりました』と諦めるものではないのか。

お断りがなんの意味もなさなかったことにがっくりした。

「……陛下」

「私は、エリックと呼んでくれと言ったぞ？」

「私は陛下の恋人ではありませんので」

「つれないな。だが、いずれ必ず呼ばせてみせる」

不敵に笑われ、迂闊《うかつ》にもちょっと見惚《みと》れてしまった。

ハッと我に返り、ブンブンと首を横に振る。

「こ、困ります」

「諦めてくれ」

「陛下？　お断りの意味、分かっています？」

じとりと彼を見る。国王は頷き「分かっているとも」と言った。

「だからといって、諦める理由にはならないだろう。『ごめんなさい』で気持ちを切り替えられたら苦労はしない」

「そこは振られたんだから、頑張って切り替えるんですよ」

「ははっ、無理だな。私はもう、君が良いと決めてしまった」

「勝手に決めてしまわないで下さい……」

疲れる。

何を言っても暖簾《のれん》に腕押しというか、全く響いていない感じが疲労を誘う。

項垂れる私に、国王があっさりと言った。

「おお、もうこんな時間か。では、私は帰る。朝から邪魔をしたな」

「え」

「残念ながら、帰って執務をしなければならないのだ」

「そ、そうですか」

「ではな」

どうやら国王は改めて宣戦(?)布告をしに来ただけのようだ。思いの外、あっさりと帰っていった。それは助かったが、両親や使用人たちの問いかけるような視線が辛い。

しかも国王は、それから毎日のようになんらかのプレゼントを携えては我が家にやってくるようになったから尚更《なおさら》だ。

その気がないのでプレゼントは断っているが、花は枯れると可哀想なので受け取ってしまう。それに目聡《めざと》く気づいた国王は、毎度花束を持ってくるようになった。

お陰でうちの屋敷は、部屋中花で溢《あふ》れている。

いい加減、諦めてもらいたいところである。

町にでも逃げたら、会わずに済むかと考えたこともあるが、何故か、町に出ても彼に出くわしてしまうので意味がない。

先日も、そうだった。

食べ歩きに出かけたのだが、まるで待ち構えていたかのように国王に会ってしまったのだ。

「偶然だな。やはり私たちは出会う運命にあるようだ」

なんて感じで話しかけられたのだけれど、もちろん偶然でないことは分かっていた。

だって、こんな偶然があってたまるか。

町の広場を彷徨いていた私を捕まえ、ニコニコする国王を、呆れを含んだ気持ちで見上げる。

「わざとらしいですよ」

「そんなことはない。君に会いたいと希《こいねが》う私の気持ちが天に届いたのだろう。ベリー、今日も君は可愛いな。恋をすると好きな人がより魅力的に見えると言うが本当のようだ。私には君が天使の如く美しい存在に思えるぞ」

「医者に診てもらった方がいいんじゃないですか」

「ははは、残念ながら医者にはとうに匙《さじ》を投げられた。つける薬はないそうだ。不治の病だそうだぞ」

「草津《くさつ》の湯でも治せないってやつ……」

つい、前世の有名な一節を口にすると、国王は首を傾げた。

「草津？　まあ、良い。私の特効薬は君だ。君が私の想いを受け入れてくれたらこの想いは少しは落ち着く……いや、嬉しすぎてより一層気持ちが高まるような気がするな」

「駄目じゃないですか……」

思わずツッコミを入れた。

そして結局、私についてくる国王を放置できず、一緒に食べ歩きをする羽目になったのだ。

国王は私のお勧めを、目を輝かせながら食べていた。

先日お勧めしたサンドイッチなんかは「こんなに美味しいとは思わなかった。野菜がシャキシャキして輝いているようだ！」と絶賛で、紹介した私もまんざらではなく「そうでしょう、そうでしょう」と鼻高々だった。

「こういう美味しいものが、町中には溢れていますよ」

「そのようだ。私も買い食い歴は長いから、色々知っているつもりだったが甘かった。君のお勧めをもっと教えてくれ。色々なものを食べてみたい」

そんなことを言われれば、張り切らないはずがない。

私はキリリと国王に告げた。

「いいでしょう。美味しいものを知って欲しいという気持ちは強くあります。私のお勧めを紹介しましょう」

「おお、楽しみだ」

「胃袋の状態は大丈夫ですか？」

「いくらでも入るぞ！」

「ほほう。それでは満腹グルメコースと行きましょうか！」

なんてノリノリであちこち連れ回してしまったことは記憶から抹消したい。

しかも、大変楽しかったのだから困ったものだ。

国王は健啖家で、何を食べても美味しそうな顔をしてくれる。しかも感想が的確なので、紹介するのが楽しいのだ。

食べ歩き仲間としてはなかなか得難い人物で、別れ際には「次回も楽しみにしている」と言われてウキウキで「お任せ下さい」と返してしまった。

「次も、陛下の胃袋を満足させてみせますよ！」

「それは嬉しいな。ベリー、君とのデートは刺激的で楽しかった。ますます君のことが好きになった。国王になってから、こんなに自然体で楽しめたのは今日が初めてだ。君はとても得難い人だな。絶対に手に入れたい」

「えっ」

「また明日、屋敷に行く」

「えっ……」

愕然と立ち尽くす。国王が笑いながら去ったあと我に返った私は、すこぶる猛省した。

「私は馬鹿か!!」

逃げたい相手と気づけばデートをしていたというのも馬鹿だし、一緒になって楽しんでしまったのも大馬鹿だ。

更には、何故かこの件でより好きになられてしまったようで、頭を抱えるしかなかった。

しかも『次回』を約束するとか。

己の愚かさ加減が嫌になる。

しかし、国王はどうやって私の行く先を調べているのだろう。疑問だったが、すぐに謎は解決した。

どうやら父が国王に情報を流しているらしいのだ。

父はすっかり国王側で、現状、どこにも私の味方がいないのが辛い。

「……はあ、どうしよ」

先日のことを思い出し、自室で頭を抱える。

何が一番問題かと言えば、国王の怒濤《どとう》の攻めをそこまで嫌だと思えない自分である。

だって、彼との食べ歩きは楽しいし、とにかく食の好みが合うのだ。

あと、会話のテンポが良く、話していて苦にならない。

最初は困っていても、気づけば笑っていて、彼との話を心から楽しんでしまっている自分に気づけば、もうなんと言えばいいのか分からなかった。

「私の馬鹿……」

国王の攻勢に、グラリと傾きつつある己に気づいている。

口説かれるのも嫌じゃない……というか、ちょっと嬉しく思い始めている自分に気づいている。

あと一手何かあれば、落ちてしまうのではないかというところまで来ているのは分かっていた。

「まずい……このままではまずい……」

国王を好きになどなりたくないのに、気持ちがどんどん彼の方に傾いていく。

あの人は近い将来、ノリスから妃を娶るのだ。それは話の……というか今の情勢的にもおそらく覆りようがなくて、側妃なんて絶対に我慢できないと分かっている私が気持ちを寄せたところで不幸になる未来しか見えない。

「好きになりたくない、好きになりたくない……」

呻《うめ》いても、感情なんてコントロールできるはずもない。

拙い、拙いと思いつつ、何もできない日だけが続き、焦りが募る中、その日は唐突に訪れた。

◇◇◇

「えっ……ランダリア公爵令嬢からお茶会のお誘い？」

「はい、如何《いかが》なさいますか？」

「……」

執事から手渡された手紙をまじまじと見つめる。

午後のお茶を部屋でひとり楽しんでいたところ、執事が手紙を携えてやってきた。

差出人は『リリス・ランダリア公爵令嬢』。

そう、あの『悪役令嬢』の女性である。

「……」

封を開けてみれば、そこには三日後、お茶会をするので是非来て欲しいと書かれてあった。

私とリリスに個人的な繋がりはない。

夜会で擦れ違ったことくらいはあっても、直接話したことはないのだ。

それなのに、彼女は私にお茶会の誘いをかけてきている。

「……つまりは、そういうことよね」

おそらく、転生者であるだろうリリスからの突然のお誘い。これは『悪役令嬢』から『ゲームヒロイン』への招待状と受け取って間違いないだろう。

もしかしたら、私が転生者であることにも気づいているのかも。

「……」

行くべきかどうか悩んだが、彼女がわざわざ私を呼ぶ理由が知りたい。そう思い、招待を受けることにした。

◇◇◇

——お茶会当日。

私は、緑色の光沢あるドレスに身を包み、馬車を降りた。

公爵家というだけあり、うちの屋敷よりも大きい。敷地面積も広く、使用人たちも心なしか洗練されているような気がした。

「ようこそいらっしゃいました。案内役を仰せつかっておりますミナートと申します」

私を出迎えてくれたのは、リリス付きの執事だった。

綺麗な顔をした細身の男性。長い髪をひとつに纏めている。立ち姿が美しいので、黒い執事服がよく似合っていた。

溜息が出るような綺麗系の美形だ。

その顔を見て思い出す。彼もまた、ゲームの攻略キャラであることを。

――そういえば、攻略キャラに執事っていたわ。

完全に忘れていた。だが、存在を思い出せば、そのプロフィールもなんとなく思い出せる。

攻略キャラ、ミナート。

彼は悪役令嬢リリスの執事だが、実は彼女の義理の弟という関係性なのだ。

ミナートの母親の身分が低かったため、正式な息子と認められず、義理の姉リリスの執事として育てられることとなった。

彼は愛情に飢えており、ひょんなことから知り合ったヒロインと仲を深めていき、互いに想いを寄せ合うようになる……とか、そういう話だったような気がする。

その場合、悪役令嬢リリスはお邪魔キャラとして出現。

リリスはミナートのことが好きではないのだ。義理の弟というのも許せない。使用人として使ってはいるものの、彼の顔を見るのも嫌で、確か幼い頃からずっと彼を虐げ続けていたはず。

そのため、ミナートはいつしかリリスのことを憎むようになり、彼のルートでは、ミナート自身がリリスを殺すとか、そんな話だった。

——執事ルート、あんまり覚えていないのよね……。

自分の推しキャラではなかったため、薄らとした記憶しかない。

目の前に立つミナートをこっそり観察する。

ミナートは確か、リリスに日常的に折檻《せっかん》されていて、あちこちに怪我をしていた。常に包帯を巻いていて痛々しかった記憶がある……のだけれど。

——うーん、別にそういうのはなさそうね。

ゲームとは違い、ミナートは健康に見えた。

包帯などどこにもない。彼は目に陰りがある卑屈なタイプだったが、そんな風にも思えない。

——やっぱりリリスが転生者で、ミナートに優しくしたって、そういう話なのかな。

考えられる線はそれくらいだ。

兎にも角にも、人が痛い思いをするのは見たくないので、元気なら何よりである。

「お嬢様がお待ちです。ご案内致します」

「お願いします。あ、これ、父が外国から取り寄せたチョコレートです。お口に合えばいいのですが、宜しければリリス様に」

「お預かり致します」

手土産のチョコレートを渡し、ミナートの後に続いて公爵家の廊下を歩く。

公爵邸は内装も素晴らしく、眺めているだけでも楽しい。廊下がロングギャラリーになっており、美術品が飾られているのだ。私はあまり美術品には詳しくないが、素人目にも素晴らしいものだということが分かる。

「美しいですね。特にあの絵、素敵です」

私が見ていたのは風景画だ。湖と山を描いたものなのだが、妙に惹きつけられるものがある。

感嘆の声を上げると、ミナートは笑みを浮かべて私に言った。

「お目が高い。あれはお嬢様がお求めになられたものです」

「リリス様が？」

「ええ。お嬢様は目利きもおできになりますから」

「そうなんですか。さすが、公爵家の方は違いますね」

どこか自慢げに言うミナートに同意を返しておく。ミナートは嬉しげに口を開いた。

「ええ、自慢のお嬢様です。正直、あの方にできないことはないと思います。どんなことでも完璧になさって、それなのに自慢することなく自らを律し、穏やかに日々を送っていらっしゃる。僕のような使用人にも優しくして下さるし、本当に素晴らしい方だと思います。……ああ、お嬢様。あなたのその優しさが僕にだけ向けばいいのに……」

「……」

うっとりと語られる言葉を聞き、ドン引きした。

そして確信した。

間違いない。ミナートもリリスに攻略されている。

リリスがテレスとプラートに取り合われているのは知っていたが、まさかミナートもだとは思いもよらなかった。

——す、すごい。逆ハー状態じゃない……。

すでに今の状況で、三人の男がリリスを取り合っているのだから、まさしく逆ハー——逆ハーレムである。

確か、このゲームに逆ハーエンドはなかったと思うが、現実の方が嘘みたいな展開が起こるというのはよくある話だ。

ゲームではないからこそ、彼女は三人の男に取り合われる状況になっているのかもしれない。

それほど彼女が魅力的だということだろう。……全く羨ましいとは思わないけど。

ひとりに口説かれているだけでも大変だということを、身をもって知っているだけに、それが三人になると思えば「ご愁傷様……」としか言いようがなかった。

ミナートはリリスの話をするのが楽しいようで、お茶会をする部屋まで案内している間、ずっと彼女について語り続けていた。相当惚れていることは間違いない。

この世界では義理の弟とも結婚できるが、彼女はミナートを選ぶのだろうか。

まあ、テレスとプラートが黙っているとは思えないので、そう上手く事が運ぶとは思わないが、そうなる可能性ももしかしたらあるのかもしれない。

「着きました」

「あ、ありがとうございます」

リリスが誰とくっつくのか考えているうちに、お茶会の部屋に着いたようだ。

ミナートが扉をノックする。

「お嬢様。テリントン侯爵令嬢をお連れしました」

「ありがとう、ミナート。お通ししてちょうだい」

「畏まりました。……さ、ローズベリー様。お嬢様がお待ちです」

ミナートが恭しい仕草で扉を開けてくれる。入るようにと促され、部屋の中に足を踏み入れた。

「わ……」

白い壁紙が眩《まぶ》しい、広い部屋だ。家具類が上品な色合いで纏められている。バルコニーのある大きな窓の側には丸テーブルと椅子が二脚あり、テーブルの上にはお茶の支度ができていた。

大きなお皿の上にはクッキーがざらりと盛られている。

すでにティーカップには紅茶が入っていたが、湯気が見え、淹《い》れたばかりだということが分かった。

その側に、ひとりの女性が立っている。

「よく来てくれたわ」

そう声をかけてきたのは、私を呼びつけた張本人であるリリスだった。

——わ、美人。

分かっていたことだが、近くで見るとより一層美しい。思わず、目を見張る。

彼女は金色の髪を綺麗に巻いていた。胸元の開いた真っ赤なドレスを着ている。ウエストがギュッと絞られたデザインだが、細身かつ、胸の大きなリリスにはよく似合っていた。

さすが悪役令嬢。

悪役令嬢というのは、性格以外は完璧というのが、基本的な設定なのである。

——まあ、彼女は性格も良さそうだけど。

転生者で、しかも三人もの男性を骨抜きにして、なおかつゲームを始まらせることなく生き延びることのできたリリスが、性格の悪い女性なはずがない。

もちろんダンスの時、彼女に睨みつけられたことは忘れていないが、それだけで断りを入れるのも変な話だし、何か理由があったのかもしれない。

そう結論づけた私は、今日の茶会に来ることを決断したのだ。

「本日はお招きに与《あずか》り、ありがとうございます。初めまして、ローズベリー・テリントンと申します」

「丁寧にありがとう。リリス・ランダリアよ。一度、あなたと話してみたかったの。呼びつけてごめんなさいね」

「とんでもありません。確かに突然のお招きには驚きましたが、とても嬉しく思いました」

マナー通りに挨拶を交わす。改めて部屋を観察した。

お茶会に使う部屋だから、てっきり客室かどこかを使うのかと思ったが、どうもリリスの個人的な私室のような気がする。

「ここ……」

「お茶会は、私の部屋でしようと思って。駄目だったかしら」

「いえ」

私的な場でお茶会をするというのは、ない話ではない。だが、私と彼女以外の姿が見えないことが気になった。

「あの、私以外の参加者はもしかして、まだお着きになっていないのですか？」

「今日はあなたしか呼んでいないの。だから心配しなくて大丈夫よ」

「え……？」

軽く言われた言葉を聞き、目を見開く。

この世界での『お茶会』は、女性の社交の場であり、上の立場の者が下の立場の者を複数招いて……というのが普通だ。

もちろん親しい相手ならふたりきりでお茶会をすることもあるが、私はリリスとはこれが初対面。私たちの関係性で『ふたりきりでのお茶会』はまずあり得ない。

「あ、あの……？」

怪訝《けげん》な声が出る。リリスは美しい笑みを浮かべて言った。

「あなたとはふたりきりで語り合いたかったの。だから誰も呼んでいない。……この意味、あなたなら分かるわよね？」

「……」

黙り込む。

初対面の私とふたりきりで話し合いたい理由なんて、思い当たる節はひとつしかなかった。

——やっぱり、ゲームとか転生とか、そっち系の話をするために私を呼んだ……？

ということは、彼女も私を転生者だと確信しているのだろう。

とはいえ、これらは全て私の推測でしかない。全く違う話という可能性だってゼロではないのだ。

——少なくとも自分から転生云々《うんぬん》の話題を振るのはやめておこう……。

もし向こうが気づいていなかったら、自分から墓穴を掘ることになる。

それは嫌だ。

自分のスタンスについて考えていると、リリスが私を促した。

「さ、座ってちょうだい。あなたとは腰を据えてじっくり話したいから」

「……はい」

示された席に腰掛ける。

リリスは対面の席に座ると、優雅にティーカップを取り、一口飲んだ。

「あなたもどうぞ。人払いをしてあるから、お茶会が終わるまで、誰もここには近づかないわ。だから遠慮も要らない。お互い、正直なところを話しましょうよ」

「……正直なところ、ですか……」

「分かっているのでしょう？　私がどうして初対面なはずのあなたをここに招いたのか。分からないはずないわよね」

「……」

無言で、紅茶を飲んだ。

もう殆ど答えは出ていると思ったが、確証がないのに私から話すのは得策ではないと思ったのだ。

何も言わない私に業を煮やしたのか、リリスが「もう」と唇を尖らせる。

「警戒しているのかもしれないけれど、分かっているからその警戒は無駄よ。あなたも私と同じ、日本からの転生者なのでしょう？　ねえ、ヒロイン役のローズベリー・テリントン？」

「私、は……」

軽く告げられ、息を呑む。

「言いづらいのなら、私から話してあげるわ。……私はね、十才の時に転生前の記憶を取り戻したの。その時にここがゲームの世界で、自分が悪役令嬢という役どころであることを知ったわ。好きなゲームの世界に転生できたのは嬉しかったけど、まさか悪役令嬢だなんて思わなかったから驚いちゃった。だってこのゲームって、悪役令嬢は大体どのルートでも死ぬでしょう？」

「……」

予測はしていたが、やはり彼女は私と同じ転生者だったようだ。

しかも十才という幼い頃に記憶を取り戻している。

悪役令嬢に転生したと知った彼女がどれほど絶望したか、リリスの口調から伝わってきた。

「私、死にたくないから頑張ったの。皆に嫌われないように生きようって。だって、大体攻略キャラに嫌われることで悪役令嬢ってひどい目に遭うでしょう？　それを回避するには攻略キャラたちに好かれるのが一番。そう考えたわ」

実に真っ当な方法だ。

嫌われると死ぬから嫌われないようにする。私でも多分、その手段を選ぶだろう。

「攻略キャラは五人。そのうち、私が会ったのは三人よ。公爵のテレスに騎士団長のプラート。そして執事のミナート。ゲームが始まるのは先だけど、早くから行動を起こすことで、話を変えられる可能性に賭けた。そして私は勝ったの。ゲームが始まるはずの日、世界にはなんの変化も起こらなかった。ゲームは始まらなかったのよ……」

これまでどれだけの苦労をしてきたのだろうか。

語るリリスの顔には苦悩が滲んでいた。

「色々あったけど、こうして今に至っているの。……ローズベリー・テリントン。あなたも私と同じよね？　私と同じように転生した記憶がある。違うかしら」

「……そうよ」

敬語を取り払い、肯定を返した。

ここまで話を聞いて、私だけ何も言わないというのはフェアではないと思ったからだ。

私は彼女の目を見つめ、静かに口を開いた。

「私が転生に気づいたのは、つい最近。あなたたちが城でイチャイチャしているのを見て思い出したの。ゲームのヒロインに転生したってね。とは言っても、ゲームが始まらなかったのは少し考えれば分かる。だから今まで通り普通に生きていこうって決めたの。それだけ、なんだけど」

「……やっぱり転生者だったのね。私はね、前の夜会で気づいたの。あなたが転生者だって」

「前の夜会？」

「ほら、あなた、陛下にエスコートされてきたでしょ……」

「ああ……」

思い出し、頷く。悪いけど、言わせてもらった。

「それ、あなたにエスコート相手を取られたからなんだけど。あの日の私のエスコート相手はテレスだったのよ。それが当日になって急にキャンセルされて」

「え、そうなの？　テレスからは『実は自分にはエスコート相手がいないのだ』って聞いていたんだけど、嘘だったのね」

「テレス……」

リリスに気を遣わせたくなかったゆえの方便だったのだろうが、テレスのやり方にちょっと眉が中央に寄った。幼馴染みだからといって、私のことを蔑《ないがし》ろにしすぎである。

溜息を吐いていると、リリスがおそるおそる話しかけてきた。

「ねえ」

「何？」

「その、私のことはどう思っているのかしら」

「あなたのこと？　どういう意味？」

首を傾げる。リリスはソワソワと実に落ち着きのない様子だった。

「……私、悪役令嬢でしょ？　その私が今、ここにいることについて、なんだけど」

「？　無事に生き延びて良かったわねって思っているけど。私だってゲームだからなんて理由で殺されたくないもの。あなたが無事、死の運命を免れたこと、喜ばしいと思うわ」

「本当に？」

「嘘を吐いてどうするのよ」

本気で分からず告げると、リリスはホッとしたように息を吐いた。

そうして笑う。まるで憑《つ》き物《もの》が落ちたかのような邪気のない笑顔だった。

「良かった。あなたは悪いヒロインじゃないのね」

「悪いヒロインって……」

「ほら、たまにいるじゃない。攻略キャラは全部自分のもので、現実とゲームの区別がついていないタイプ。一時期日本で流行《はや》ったでしょう？　悪役令嬢が主役で、それを邪魔するヒロインの話……」

「ああ、ライトノベルの悪役令嬢もの……」

彼女の言いたいことを察し、頷いた。

日本では、一時期『悪役令嬢』を主人公としたものが大いに流行ったのだ。そしてその場合ヒロインの扱いは、それこそ『悪役令嬢』のようになっていることが多かったのである。

「たまに、ヒロインが良い子の場合もあるけど、大体は『どうしてゲーム通りに進まないの⁉』『美形は皆、私を取り合うのが当然でしょう⁉』って癇癪《かんしゃく》を起こすようなタイプとして描かれることが多かったじゃない。……もしかしてあなたもそれかなって、少し考えていたの」

「……それは、くびり殺してやりたいと思うくらいには嫌なタイプの女ね」

「あなたは違うって？」

じっと私を見つめてくるリリスに、首を竦《すく》めて答えた。

「私は逆ハーレムに興味はないし、ゲームと現実を混ぜこぜにしたりもしない。さっきも言ったでしょう？　今まで通り暮らしたい。それが私の望み。そこに嘘はないわ」

「……そう」

「大体、逆ハーレムというのなら、それはあなたの方じゃない。テレスにプラート、そしてミナートもでしょう？　三人の男に現在進行形で取り合われている女性に疑われても、複雑な気持ちにしかならないんだけど？」

「そ、それは……！」

リリスがカッと頬を赤らめる。

「し、仕方ないのよ。嫌われないようにしようと思ったら、どうしても……」

「別に責めてないし、あなたの好きにしたらいいんじゃない？　でも、ミナートもなんてすごいわね。彼、確かあなたの義弟でしょう？　この世界の法律的にはアリだけど、あなた自身もミナートと結ばれてOKだったりする？」

「そんなわけないでしょ！　私、ミナートだけはお断りなんだから！」

「おおっと」

思ったよりも強い否定が返ってきて驚いた。

リリスが己の身体を守るように抱きしめる。

「義理でも半分血が繋がっているのよ？　無理、絶対に無理よ。倫理的にもあり得ない」

「……じゃあ、なんで惚れさせたの」

無理だと言うのなら、恋愛感情を抱かせなければよかったのに。

そう思いながら聞くと、リリスが項垂れながらも答えてくれた。

「思った以上にチョロかったのよ。私はただ、普通に接しただけなの。悪役令嬢リリスは、虐めることでミナートの恨みを買うでしょう？　だから虐めないで普通にしようって。それだけなのに――」

「惚れられちゃったの？」

「……」

無言で頷くリリスに、さすがに気の毒な気持ちになった。

普通にしていて惚れられたのでは、どうしようもできないと思ったからだ。

「……可哀想」

「なんだったら、あなたにあげるわ」

「要らないわ。言ったでしょ。今更ヒロインをする気はないの」

せっかくヒロインをしなくて済んだのに、攻略キャラと恋愛などしたくない。

首を横に振って断ると「あなたが貰ってくれればよかったのに」とブツブツ言われた。

「そう言われてもね。そもそもミナートは私の推しではないし」

「あ、それ。聞きたかったの。あなたの推しって誰？」

「え……それ、聞く？」

「聞きたいに決まってるじゃない！」

弾んだ声で言われてしまった。

話の流れ的にも誤魔化せないと悟った私は、仕方なく口を開いた。

「……騎士団長よ」

「え、プラート？」

「……そう。爽やか敬語キャラが性癖なの」

こくりと頷く。

途端、リリスが申し訳なさそうな顔になった。

「ごめんなさい。私、あなたの推しだなんて知らなくて……」

自分が攻略してしまったも同然のことを言っているのだろう。私は慌てて否定した。

「謝らないで。大丈夫だから。私、推しは応援したいタイプで、恋愛感情は持っていないから」

「……そうなの？」

「ええ。確かに、ゲームが始まるのならプラートを選んだとは思うけど、現実はそんなことにはならなかったし、何より彼はあなたのことが好きみたいだもの。それを今更どうこうしようって気持ちはないわ。私、推しの幸せを願えるタイプのオタクだったから」

「そう……良かった」

リリスがホッと胸を撫で下ろす。そうして顔を上げると「私はね、国王陛下が推しなの」と告げた。

「え、国王陛下？　まさかの攻略キャラ以外⁉」

予想外すぎる言葉に驚きを隠せない。リリスは頷き「日本に生きていた時も、国王ルート実装をメーカーに何度もお願いしていたくらいなの」と言った。

「彼、本当に私の好みで。どうして攻略キャラじゃないのか、本当は隠しキャラで、どこかに彼に至れるルートがあるんじゃないかと、必死で探したもの」

「……当時、そういう人が多かったって話は知ってるわ」

それが、まさか目の前にいる人物だとは思わなかったけど。

世間は広いようで狭いものだと実感した。

「そっか……陛下が推しなの……」

「ええ、それでね。さっきの話に戻るのだけれど」

「戻る？」

なんの話だ。

本気で分からず、首を傾げる。

リリスはカッと目を見開き、私に言った。

「陛下は私が狙っているのに、なんで夜会で踊っているのよ‼　あれを見た時は、本気で血の涙が出たかと思ったんだからね！」

鬼気迫る勢いに気圧《けお》されながらも、私はどうどうと彼女を宥めた。

「いや……だから……それは、エスコート相手がいなくなったからだって言ったじゃない」

「馬鹿にしないで！　それくらいで陛下が、エスコート役を買って出て下さるものですか！　エスコート相手がいないなんて理由で一緒に踊ってくれるのなら、私だってひとりで夜会に出るわよ！」

「は、はあ……」

顔が怖い。彼女がギロリと私を睨みつけてくる。

「あなたと踊っている時の陛下、すごく楽しそうだったし。あんな顔、今まで見たことなかったわ。それで気づいたのよ。ゲームとも全く違う行動を取るヒロイン。あなたも転生者なんじゃないかって……」

「す、すごいこじつけ。ゲームは始まらなかったんだから、違う行動を取ったとしたって普通なのに」

「うるさいわね。結果的に合っていたんだからいいじゃない！」

「雑だなあ」

どうして転生者だとバレたのだろうと思ったら、すごく強引なこじつけだった。

それで当ててくるのが怖すぎる。

「陛下は近いうちに私が攻略しようと思っていたのに！　だってここはゲームでも現実でしょう⁉　憂いをなくしたら本格的に頑張ろうって考えていたのに、まさかのあなたが‼」

口調から、どうやら彼女がガチ恋勢であることが分かった。

ゲームでは攻略できなかった国王を、この現実の世界では攻略しようと考えていたのだ。

彼女に敵視されるのはごめんなので、必死に告げる。

「わ、私、彼を攻略する気なんて」

「嘘！　ばっちり、がっつり攻略していたじゃない！　さすがはヒロイン様よね‼」

「……あ、あのね、三人攻略している人に言われたくないんだけど」

「してないわよ！　まだ、誰ともエンディングは迎えてない！」

「え、逆ハーレムルートでは……？」

「違うわよ‼　というか、逆ハーレムルートなんてないでしょ！」

力強く否定されてしまった。でも、そうか、違うのか。

そのわりには、どの男性たちもリリスのことを本気で好いているような気がしたけれど。

最早、手遅れのように私には見えたが、彼女曰《いわ》く違うらしい。

「私、死なないように、嫌われないようにって必死に攻略キャラたちと交流を持っていたから、陛下とは殆ど話したことがないの。でも、ようやく殺されないで済みそうだと確信できたタイミングで、あなたが陛下の隣にいるんだもの！　あれを見た私の絶望が分かる？」

「……だから、それは私の意思ではなかったのだけれど」

「うるさいわね！　羨ましいのよ！　私は推しが自分以外と仲良くしているのが許せないタイプなんだから！」

「ええ……」

彼女の目は爛々と光っており、本気で言っているのが伝わってくる。

なるほど。夜会の時、リリスに睨まれたのはこのせいか。

理解はできたが、これで今、私が国王から求愛されていることを知れば、何を言われるか分かったものではなかった。

――だ、黙っていよう……。

誠実ではないかもしれないが、怖いのだ。

私の方に国王と結ばれる気はないので、許して欲しい。

彼女を宥めるように口を開いた。

「で、でも、陛下はもう少ししたら、結婚イベがあるでしょう？　ほら、あの隣国から妃を迎える話。ゲームが始まっていなくても情勢的に妃を迎えるのは確実だと思うから、今、私と仲が良いように見えても、私が彼とどうにかなることはないと思う」

「……そのイベントは確かに知っているけど」

ムッと口を尖らせたが、私に対する悋気《りんき》は少し収めてくれたようだ。正直、嫉妬に燃えるリリスは怖いので、あまり彼女を怒らせたくない。

なんとか落ち着いてくれないかと思っていると、彼女は忌々《いまいま》しげに言った。

「ゲームではないんだもの。結婚イベなんてブチ壊してしまえばいいのよ」

「うわ……」

「私と彼の幸せを阻むものは許さない。結婚なんてさせるものですか」

声の端々から彼女の本気が伝わってきて怖い。

さすが死のルートをことごとく躱《かわ》し、生き残ってきた猛者である。貫禄《かんろく》が違いすぎる。

私はどうどうと彼女を宥めた。

「お、落ち着いて。で、でもほら、国王の結婚って軍事同盟を結ぶのが目的でしょ？　同盟が結ばれなければ戦争で負けるし、結婚させないっていうのは難しいと思うけど」

落ち着かせるように考えを告げる。彼女はとても不服そうな顔をした。

「そう？　なんとでもなるんじゃない？」

「ならないって。それにあの方、国益になる結婚をやめるなんてことはしないと思う。国のために己を殺せるタイプだし」

ゲームでも現実でも、彼はそういう人だ。

普段は軽いノリだが、仕事のことになると真面目だし、心から国のことを案じ、平和になるよう考えているのは間違いない。

「そうね……まあ、それはその通りだわ」

渋々ではあるが、リリスも同意した。ほんのり頬を染めながら言う。

「そういうところも推しポイントのひとつでもあるしね。でも、確認させて？　あなた、本当に陛下を攻略する気はないのね？」

「も、もちろん」

目が怖い。

視線だけで人を殺せるのではないかと思いつつも頷くと、彼女は「それならまあ」とようやく溜飲《りゅういん》を下げてくれた。

「……正直、ゲーム通りに進むっていうのは、ギリギリ我慢できるのよ。でも、私と同じ転生者であるあなたとくっつくのだけは駄目。だって転生者なら私がいるでしょう？　誰よりも彼を愛し、求めている私が。彼は私と結ばれるべきなのよ」

「そ、そうね」

間違いなく本気で言っている。

だって、目がこの上なく真剣だから。

——これがガチ恋勢……。

彼女を見ていると、私など単なるエンジョイ勢でしかないのがよく分かる。

私は怯《おび》えつつもお茶会を終え、彼女の屋敷を後にした。

◇◇◇

リリスの本気を目の当たりにした私は、次の日から徹底的に国王を避け始めた。

理由は簡単。

彼女が怖いからだ。

このまま国王と関わっていれば、いつかリリスの怒りは怒髪天を衝くだろう。それは絶対に避けたかった。

それに私自身、国王と会いたくなかったし。

彼と会うたび、惹かれていく己を自覚しているので、本格的に好きになる前に気持ちを断ち切りたかった。

今ならまだ、引き返せる。

リリスに恨まれるのも嫌だし、側妃生活をするのも嫌だ。

リリスにとっても私にとっても、国王を好きにならないのが一番いいのである。

とはいえ、普通に逃げるだけでは、国王に見つかってしまうのは分かっている。なので、仮病を使うことにした。

わざわざ屋敷まで来てくれる国王に心の中で申し訳ないと謝りつつも、風邪を引いて会えないと執事に伝えさせたのだ。

国王はそれなら見舞いがしたいと食い下がってきたが、移すわけにはいかないと頑《かたく》なに拒否した。

そうして一週間ほど、国王に会わない生活を送っていたのだけれど、さすがに風邪で一週間以上会えないは無理がある。

何か他に良い手はないだろうかと私は真剣に悩んでいた。

◇◇◇

「どうしようかな……」

国王が帰っていくのを自室の窓から確認し、こっそり外へ出た。

先ほど父には「風邪ももう治っただろう。明日は、陛下とお会いできるな?」と念押しされてしまったので、これ以上の仮病は使えない。というか、一応ベッドで寝ていたのだけれど、仮病というのは多分、バレているのだと思う。

そろそろ腹を括って顔を出せと言外に言われているのは、気づいていた。

「お父様はリリスの恐ろしさを知らないからそんなことが言えるのよ……」

ぽてぽてと歩きながら向かうのは、屋敷から徒歩十分くらいのところにある、寂れた教会である。

ゲームでは何度かイベントに使われている場所なのだけれど、敷地面積が広く、木々が生い茂っていて良い感じに人がおらず、ひとりで考え事をするには向いている。

普段、私はあまり近寄らないが、町に出れば国王に見つかる可能性が高いので、いつもは行かない場所の方が良いだろうと判断した結果だった。

教会の入り口に続く、石階段に腰掛ける。

天気は良かったが、太陽の位置の関係で影ができ、あまり暑くないのが助かった。

心地いい風も吹いていていて、考え事をするのに悪くなさそうだ。

「……明日からどうしようかな」

膝の上で頬杖《ほおづえ》をつき、溜息を吐く。

明日も国王は来るだろう。このままなんの対策も立てなければ、彼と会うことは避けられない。

「……正直、三日目くらいからは来ないだろうって思っていたのに」

風邪を引いて会えないと言ってから今日まで、彼は一日も欠かすことなくやってきた。

それは私としては予想していなかったのだ。だって国王は暇ではない。

会えない女に構う余裕などないだろうから、仮病を使っているうちに来なくなるものと考えていた。

「来ると思っていなかったから、罪悪感が……」

結果として一週間もの間、追い返し続けてしまったので、申し訳なさがすごいのだ。

会わないと決めていたから出なかったけれど、ずっと心の中では何度も「ごめんなさい」と謝っていた。

「……明日からも会いたくないけど……うう、罪悪感がない方法、なんかないかなあ」

溜息が止まらない。

いくら考えても名案など思い浮かばなくて、泣きそうだ。

「あーあ……」

膝を抱え、空を見上げる。天気が良いなあなんてぼんやりしていると、突然、穏やかな声が私を呼んだ。

「ベリー、君、こんなところにいたのか」

「えっ!?」

声に反応し、顔を正面に向けると、何故かそこには国王が立っていた。

お付きの人はいない。町に出向く時のような冒険者に見立てた格好をしていた。

「……陛下？　どうしてここに……」

城に帰ったのではなかったのか。

驚きつつも立ち上がる。国王はこちらに向かって歩いてきた。偶然、見つけたここに来たというわけだ。

「帰り際、ちょっと散歩でもしようかと馬車を降りてな。

ベリー、風邪は大丈夫なのか？　まだ良くないと聞いていたが、ひとりで出歩いても平気なのか？」

「……風邪なんて引いていませんよ。陛下もいい加減、気づいていらっしゃったでしょう？」

心配そうに聞かれたが、嘘を吐き続けることに罪悪感があった私は、正直に答えた。

国王が苦笑する。

「まあ、な」

「……ごめんなさい。嘘を吐いて」

「君が元気だったのならそれでいい。だが、避けるのはやめてくれないか。好きな女にされると、思いの外傷つく」

静かに告げられたことで、余計に胸に響いた。

傷つけてしまったことを心から申し訳なく思いながらも、私は口を開いた。

「ごめんなさい。でも、私は、陛下の気持ちに応えられませんから」

「だから、私を避けた、と？」

「……はい」

「私がこんなに君を求めているのに？」

「……ごめんなさい」

「君と話すととても楽しい。君も、同じように思ってくれていると感じていたのだが、私の気のせいだったのか？」

「……」

その通りだけれど、想いを受け入れられるわけではないのだ。

下を向き、石階段を見つめる。

国王が私の目の前に立った。

「……理由を教えてくれないか。私を拒絶する理由を。私は、君に嫌われていないと思っていたのだ。どうして拒否されるのか分からない」

「……理由」

「まあ、理由を聞いたところで、諦められるのかと問われれば、ノーなのだがな」

「それ、私が答える意味がないじゃないですか」

顔を上げ、呆れながらも文句を言うと、その場のどんよりした空気を払うような、軽い笑い声が響いた。

「すまないな。諦めてやれればよかったのだろうが、到底そういう気になれないのだ。私は君がいい。君以外は嫌だと心が告げているのだ。だから、諦めるなどという選択肢はない」

きっぱりと告げる国王の態度は、一般的には一途で男らしく、好ましいものと映るのだろう。

だけど、私にはカチンときた。

『私以外は嫌』だと言ったその言葉に、どうしようもなく腹が立ったのだ。

ギリッと国王を強く睨めつける。彼は突然態度を硬化させた私を見て、目を丸くしていた。

「ベリー？」

「……のくせに」

「？　すまない。よく聞こえなかった。今、なんと言ったのだ？」

国王が怪訝な顔をする。その彼に私は己の怒りを抑えつけながらも、はっきりと告げた。

「どうせ、いつか外国から妃を迎えるくせに。私以外は嫌、なんて言っても、国のためなら己を殺して、私の他に女を娶ることも吝《やぶさ》かではないんでしょう？　分かってるわ」

今まで絶対に口にしなかったことを言った。

国王は大きく目を見開き、愕然とした顔で私を見ている。

「な……？」

「そうね、それが正解よ。国王たるものそうでないと。ええと、それで？　惚れた女は側妃にでもするのかしら。子供はきっと正妃になった女が産むのよね。ええ、ええ、分かってるわ、それが当然だもの。正しい国王としての在り方よ。でもね、それに私を巻き込まないで」

「ベリー……」

「あなたは正しい。国のためにと動けるあなたは賢王と呼ばれる人なのでしょうね。でも、私は違うの。国のために、あなたのために己を殺せない。私とは別に正妃を娶ってもいい、愛してくれるのなら側妃でも我慢するなんて言ってあげられるような聖人ではないの。愛してくれるのなら全部欲しいし、妥協なんてしたくない。二番目でもいいなんて、死んでも言いたくないわ」

吐き捨てるように言う。

国王は動揺したように瞳を揺らした。

「べ、ベリー、考えすぎだ。わ、私にまだそんな話は……」

「ないってはっきり言える？　言えないわよね。可能性はいくらでもあるでしょうから。そしてその話が来た時、あなたは国王としてどうするの。私だけを取れないでしょう？　ええ、それで正解よ。外交は大切だもの。でも、だからこそ私はあなたを選ばない。どんな理由があっても、二番目を許容したくないから」

「……」

「これがあなたが聞きたがった、私があなたを拒絶する理由よ」

お断りした時点で退いてくれれば、言わなくても済んだのに。

こんな醜い気持ちを本人にぶつけるつもり、なかったのに。

国王は何も言わない。

反論しないということは、多少の思い当たる節はあるのだろうか。そうだろうなと思う。

だって、彼は国のために動かねばならない人。考えたことがないなんて嘘でも言えないはずだ。

その場に立ち尽くす彼に、静かに告げる。

「帰って。そして二度と来ないで」

「……ベリー、私は」

「……帰ってって言ったわ」

「……」

後ろを向く。これ以上、話す気はないという意思表示だ。

しばらくじっとしていると、やがて国王が立ち去る気配がした。

完全に音が聞こえなくなったのを確認してから、振り返る。

当たり前だけど誰もいない。

ただ、静かな景色が広がっているだけだ。ポツリと呟く。

「……私だけを選んで、なんて言えるわけないじゃない」

できないことが分かっているのだから。

軍事同盟は絶対に必要だ。そして彼は国王で、国のために動くことができる人。

その彼を格好良いと思うし、尊重したいと思うからこそ、私は彼の想いを受け入れてはいけないのだ。

いつか彼が結婚した時、関係のない場所で「おめでとう」と拍手できればそれでいい。

国王なんて立場の人に恋なんてするものではないのだ。

「こんなの、ヒロインどころかモブじゃない」

足下の小石を蹴飛ばす。

石は転がり跳ねて、草むらの中に飛び込み、どこに行ったか見えなくなった。

幕間　国王エリックの事情（エリック視点）

「痛いところを突かれたな……」

肩を落としながら、待たせていた馬車に乗る。

王城へ向かうよう、御者に指示を出し、背もたれに身体を預けた。

◇◇◇
私、エリック・クランブルは、五年ほど前にこの国の国王として即位した。

父の病死という突然の状況の中での国王就任ではあったが、幸い周囲に優秀な者たちが多く、五年経《た》った今では、父の死を乗り越え、国も安定軌道に乗ったと言えるようになってきた。

そしてそうなると出てくるのは、結婚の話だ。

私は未婚だし、世継ぎが必要なのも分かっている。

結婚を厭《いと》う気持ちはないから、国のためになる婚姻なら前向きに考えてもいいと思っていた。

その矢先だった。ベリーと出会ったのは。

彼女との出会いは王城の廊下で、だ。

その時、ベリーは三人の男女のやりとりを柱の陰から一生懸命見つめていた。

三人の男女は、テレス・リーゼ公爵に、プラート・ライン騎士団長、そしてリリス・ランダリア公爵令嬢。

テレス・リーゼ公爵とプラート・ライン騎士団長はリリス・ランダリア公爵令嬢に想いを寄せていて、いわゆる三角関係的なものになりそうな様相を呈していた。

彼らは一緒にいる姿をよく王城で見かけるのだ。三人とも目立つ容姿をしているので、気にしていなくても自然と目に入ってくる。

そうしているうちになんとなく彼らの恋模様が気になり始めた。

何せ王城には娯楽と呼べるものが少ないのだ。少しくらい楽しませてもらっても罰は当たるまい。

観察していれば、話はしなくても大体のところは見えてくる。

ふたりの男性はリリス・ランダリア公爵令嬢に気があり、彼女の方も悪くないと思っているように私には見えた。ただ、リリス・ランダリア公爵令嬢は曖昧な態度を取っており、どちらを選ぶのかは予想できない。だからこそ、公爵も騎士団長もより必死になるのだろうけれど。

そんな中、私にはひとつ気になることがあった。

リリス・ランダリア公爵令嬢、彼女が時折、私を見ているのだ。

最初は気のせいかと思った。次に、私が見ていることに勘づいたのかと考えた。

だが、そうではなかった。

どうやら彼女は彼らではなく私に懸想しているようなのだ。

意味が分からなかった。

私のことが好きなら直接私に話しかけてくればいいものを、彼女はそれはせず、いつも思わせぶりな態度を取りながら、ふたりの男性を手玉に取っている。

他に好きな男がいるのなら彼らを振るべきだし、好きな男に注力するのが当然ではないだろうか。少なくとも私なら、そうする。

彼女の真意が分からないし、正直気持ち悪い。こんな女に好かれたところで嬉しくないし、今後の彼らがどうなるのか観察だけさせてもらえばいいと、そう思っていた。

そんな時に見つけたのがベリーだったから、最初は焦ったのだ。

一体どういうつもりで、彼らを見ているのだろうと思ったから。

もし、ふたりの男性のうちどちらかに好意を持っているのなら、やめておいた方がいい。長く見てきたから分かる。彼らはリリス・ランダリア公爵令嬢を諦めるつもりなど毛頭なくて、他の女性に目を向ける余裕もない。

苦しい思いをするだけだ。

あと、考えすぎかもしれないが、彼らに好意を向けられているリリス・ランダリア公爵令嬢へ恨みを向ける……なんてことになるかもしれない。

さすがに刃傷《にんじょう》沙汰になるのは避けたいと思う気持ちで声をかけたのだけれど、それは私の思い違いだった。

彼女はただ、微笑ましい気持ちで彼らを見ていたというのだ。

――微笑ましい⁉　あれが？

本命が別にいるにもかかわらず、ふたりの男からの好意を握ったまま放そうとしない女と、そんな女を取り合う男たち。

微笑ましいなんて言葉が出るとは思わず驚いたが、彼女はどうやら本気で言っているようだった。

じっと彼女を観察する。

その目に恋慕の情は一切なく、完全な私の誤解だったのだと理解した。

誤解したのが申し訳なくなり、詫びにとお茶に誘ってみたが、そこでも彼女は私の気を惹いた。

貨物船が沈んだという報告を聞いていた私に、的確すぎる助言をしてみせたのだ。

「海賊たちは一見、無作為に獲物を狙っているように思いますが、本当にそうでしょうか。狙われた貨物船は、いつも重要な荷を運んでいたりはしませんか？　他国の貨物船も襲われているのでしょうが、その被害はうちと比べて同程度ですか？　……なんなら、狙われていない国の貨物船もあったりしませんか？」

目から鱗《うろこ》が落ちるとはまさにこういうことかと思った。

彼女は思いつきや偶然だと言っていたが、とてもそうとは思えない着眼点だ。

もう少し彼女の話を聞きたかったが、仕事の時間になってしまったし、彼女も帰りたがったので引き留めはしなかった。だが、確実に私の記憶に彼女の存在は刻みつけられた。

それから数日後、情報屋ジュネスに仕事を頼みにいった際に偶然彼女――ベリーと再会したことで、彼女に対する好感度は更に上がった。

話の流れで一緒に食べ歩きをすることになったのだが、ベリーは私に対し、終始、自然体だったのだ。

私を国王だと意識しすぎることなく普通に接し、ただの友人のように好きなものを紹介してくれた。

こんな時間を過ごせたのは生まれて初めてだったし、正直とても楽しかった。

また是非行きたい。そう思えるくらいには良い時間だったし、ひょっとしたらベリーとなら身分を超えた友人になれるのではないかと本気で思った。

だけどその思いもすぐに覆る。

行われた王城主催の夜会。

三十歳以下の未婚の男女がパートナーを連れて集まるその夜会に、ベリーは参加予定だった。

出席者名簿を見て、確認したから知っている。

そして彼女のパートナーには、あの『テレス・リーゼ公爵』。

どうやらテレス・リーゼ公爵は彼女の幼馴染みらしく、昔から付き合いのある相手で、今までにも何度か彼をパートナーにして夜会に出ていたと記載があった。

だが当日、蓋を開けてみれば、会場に現れたテレス・リーゼ公爵は何故か、リリス・ランダリア公爵令嬢をエスコートしていた。

彼がエスコートするのはベリーではなかったのか。

何か行き違いがあり、エスコート相手が変わったのか。もしそうだとしたら、ベリーはどうなる。

エスコート相手必須の夜会に、彼女はひとりで参加せねばならない状況なのではないか。

社交界がマナー違反をする者にひどく厳しいということは知っている。

彼女はきっと孤立するだろう。馬鹿にされ、下手をすれば今後開かれる夜会で、無視されるようなことになるかもしれない。

——それは駄目だ。

ひとりぽつねんと取り残されるベリーを想像しただけで、何故か胸が張り裂けるように痛くて、友人になって欲しいだけの彼女に抱く気持ちではないと気づくこともなく、堪らず会場を飛び出した。

——ベリー、どこだ。

気にかけていた女性が虐められるかもしれないと思えば、放っておけるわけがない。

なんとか助けてやらねば。その思いでいっぱいだった。

だけど、それは私の杞憂《きゆう》だった。

王城の廊下で、彼女はひとり顔を上げ、堂々と歩いていた。周囲に嘲笑われても、意地の悪い公爵令嬢に咎《とが》められても、泣きもせず、真っ直ぐに立っていた。

それどころか自分を嘲笑っていた女官を助け、その体調を心配までしてみせた。

そんな強さを持つ女性だなんて知らなかったから驚かされたし、彼女に見惚れ、助けに出て行くのが遅れてしまった。

我に返り、慌てて助けに行ったが、私は必要なかったかもしれない。

それでも遅れたことを謝れば、彼女は笑い「ありがとうございます。幸い、神経は図太い方なので、あまりダメージは受けなかったんです。でも、陛下に来ていただけたのは正直助かりました。何せ夜会の心得とやらを聞かされるところでしたので。面倒だなあって思っていたんです」だなんて言ってのけた。

大勢の人たちに嘲笑われる中、目上の人間から更に叱責を受けていたのだ。

泣いても心が折れても、逃げ出してしまっても仕方のない状況だと思う。

それなのに彼女は、ただ面倒だなんて思っていたのか。

——強い、な。

彼女の心の強さに、どうしようもなく惹かれた。

胸が疼《うず》く。

心が動く。

今までに感じたことのない感情が自分の中で渦巻いていた。

このまま彼女と別れたくない。

その思いからエスコートを申し出た。

ベリーは嫌がっていたが腹を括ったあとは動揺も緊張も殆どせず、平然とした態度で私の隣に立っていた。それもまた良かった。

やはり彼女はとてつもなくメンタルの強い人なのだ。肝が据わっているというか、どっしりと構えていて、その強さが私にはとても好ましく思える。

――いいな。とてもいい。

ベリーとの会話も楽しい。

彼女との会話は変な遠慮や気遣いをする必要がなくて、面白いのだ。

ベリーとなら自然体の自分で接することができる。

ああ、この気持ちをなんと呼ぶのか。

そんなもの、言われなくてもとうに気づいていた。

私はベリーが好きなのだ。

恋なんてしたことがないし、自分がするとも思っていなかったが、落ちてしまえば一直線だ。

国王という立場にあり、何よりも国を優先しなければならない私が恋。

冗談みたいな話で、自分でも一瞬信じられなかったが、最早、彼女以外欲しいとは思えないし、ベリーが自分以外の男を選ぶ……なんてことになったら、何がなんでも邪魔するとしか言えない。

こんなに強い感情が自分の中にあるなんて知らなかったし、知ってしまった限りは、叶えないという選択肢もない。

だが、ベリーにはお断りされてしまった。

嫌われていないだろうと高を括っていただけに断られたのは残念だったが、それで諦められる程度の想いなら、私はきっと『好き』を自覚する前に全てを消してしまったと思うのだ。

消されることなく認識してしまった以上、この気持ちをなかったことにするのは不可能だ。

こうなれば、私の本気をベリーに分かってもらうより他はない。

そう思い、毎日彼女の屋敷へ通ったが、結果はあまり好ましくないものだった。

花束くらいなら受け取ってくれるがそれだけで、ついには、仮病を使われるようになってしまった。

仮病だと分かったのは、彼女の父の侯爵が申し訳なさそうな顔をしていたから。

ああ、そんなにも私の気持ちは迷惑だったのかと正直、かなり落ち込んだ。

町で偶然会った時なんかは、ノリノリで食べ歩きデートに付き合ってくれたのに。

こんなにも話の合う男は他にいないぞと思うのに、ベリーも楽しそうに笑ってくれるのに、彼女は決して『うん』とは頷いてくれないのだ。

それでも諦めるつもりはなかったが。

半端な気持ちで好きになどなっていない。何がなんでもこの恋は叶えてみせる。

気持ちも新たに散歩がてら、古びた教会を見つけ、立ち寄った。

そこには仮病を使っていたはずのベリーがいて、驚いた顔で私を見ていた。

そして、どうして気持ちを受け入れてくれないのかと理由を尋ねた私に言ったのだ。

私がいつか外国から妃を迎えるから、と。

咄嗟《とっさ》に否定できなかったのは、たとえ一瞬でも図星を突かれたと思ってしまったからだ。

彼女と親しくなるきっかけとなったあの、海賊に貨物船を襲われた事件。

ベリーに言われた通り調べてみれば、彼らの後ろには我が国クランブルを狙っている国がついていた。

彼らが海賊たちに狙わせていたのは、我が国クランブルと隣国ノリス。

他の国の船も全く狙われていなかったわけではないが、調べてみれば特にクランブルとノリスが被害を負っていることが分かったのだ。

狙われた船はどれも重要な荷を積んでいたものばかり。

こちらの国力を削《そ》ごうとしているのは明白だった。

今回は各部署に手を打ったお陰で被害を最小限に抑えることができたが、彼らは間違いなく近いうちに準備を整え、戦争を仕掛けてくるだろう。

それを防ぐにはどうすればいいか。

簡単だ。同じ被害を受けているノリスとの結びつきを強めるのが一番で、方法としては結婚が理想的だ。

結婚し、軍事同盟を結ぶのだ。

己の結婚を国のために使うのは当然のこと。

だから、そういう案もありかもしれないと少しばかり心の隅で考えていたところだったのだけれど。

「……国のためなら己を殺して、私の他に女を娶ることも吝かではないんでしょう？　か。ははは、なかなかに刺さる言葉だな」

先ほどベリーに投げつけられた言葉を思い出し、溜息を吐く。

わざと考えないようにしていた部分を明確に言語化して突きつけられた気分だった。

ちょうど王城に着いたので、馬車から降り、執務室へと向かう。

執務室の扉を開けると、文官が待ち構えていて、私に書簡を差し出してきた。

「陛下。ノリスよりお手紙が届いております」

「ああ」

書簡を受け取り、椅子に座る。

封を開け、丸められた書を取り出した。それを確認し、苦笑いをする。

「……なるほど。このタイミングで来るか。本当にベリーは未来を読むことができるのかもな」

「陛下？」

「いや、なんでもない」

独り言を聞きつけた文官に気にするなと告げ、再度手紙に目を落とす。

手紙には、王女を私の正妃として娶らないかという旨が書かれてあった。

互いの国力増強、防衛力強化のためで、協力し合うことで、安易に他国に攻め込まれるのを防げるとあった。

その通りだ。

ノリスの力が合わされば、そう簡単に戦争を仕掛けられることはなくなると断言できるし、私もその方策を考えていたところだった。

これまでの私なら、満面の笑みを浮かべて、提案を受け入れただろう。

願ってもないことだと、ノリスの王女を娶ったはずだ。民のためにも戦争は避けたい。そう思っていたから。

だが、先ほどベリーに言われた言葉が頭から離れない。

「その話が来た時、あなたは国王としてどうするの。私だけを取れないでしょう？　ええ、それで正解よ。外交は大切だもの。でも、だからこそ私はあなたを選ばない。どんな理由があっても、二番目を許容したくないから」

彼女は、二番は嫌だと吐き捨てた。

どんな形であろうと、二番の自分は許せないのだと。

私だって彼女を二番手になどしたくない。私が愛しているのは彼女だけであり、隣国の王女ではないからだ。

だけど、国のためを思うのならノリスから妃を迎えるべきで、その場合、正妃は間違いなく王女になるだろう。ノリスの面子《メンツ》もある。側妃にするわけにはいかない。

そしてそうなると、自動的にベリーを側妃にするしかなくなるわけで——。

「ああ、そうか……」

片手で顔を覆う。彼女の言った言葉が骨身に染みた。

「私を巻き込まないで、か。……本当にその通りだ」

私の身勝手な都合で、彼女を望まぬ場所に置こうとしている。それではベリーも怒るはずだ。

国のことを考えろ、など彼女には言えない。それをするのは私の役目であり、ベリーではないからだ。

そして彼女は、それができないから私を受け入れられないのだと、最初からそう言っている。

無理だから受け入れない。中途半端なことはせず、相手に希望を持たせない。

それは正しいことだ。

いつだってベリーは正しすぎるほどに正しくて、それでも愚かにも手を伸ばそうとする私を容赦なく払いのけるのだ。

——どこぞの誰かとは大違いだな。

その気もないくせに、いつまでもふたりの男に良い顔をする女を思い浮かべる。あんな女とベリーを比べることすら間違いだと分かっているけれど、どうしたって比較してしまう。

——全部に良い顔をして、どちらも手に入れようとする、か。はは、リリス・ランダリア公爵令嬢のことを笑えないな。

気づいたのだ。

私もリリス・ランダリア公爵令嬢と同じであることを。

国のためにノリスの王女を娶り、更には己の恋まで叶えようと画策している。

どちらかしか選べないのに、どうにか両方に手を伸ばそうと醜く足掻《あが》く様は、あの女と何も変わらないではないか。

——どちらも、は選べない、か。

どちらかを選ばなければならない。

両方は駄目だ。それはあの女を見て、醜いと嘲笑っていた己がしていい行いではない。

「陛下？　書簡には何が書かれてあったのですか？」

黙ってしまった私に、おそるおそる文官が問いかけてくる。

だが私は返事ができなかった。

まだ、何も決められてはいなかったし、だけどもこの返答が、私の未来を大きく変化させるものであることを分かっていたからだ。

第五章　恋

「あー……暇だなあ」

自室のソファにだらしなくもたれかかり、ぼんやりと呟く。

あの古びた教会で国王を拒否してから、二週間ほどが経っていた。

あれから国王は一度も屋敷に来ていない。

父なんかは、彼がパタリと来なくなったことを心配しているが、私はむしろ安堵していた。

きっと国王は目が覚めたのだ。

私に関わっている暇はない。国王として国に尽くすため、私と縁を切ることに決めたのだろう。

それは正しい選択だし、そのうち彼の結婚発表があったりするのだと思う。

その時は心から彼の幸せを願ってあげられればいいなと思うが、今の私には難しいところだ。

何せ、かなり危ういところまで来ていたので。

好きになりたくないと思い悩んでいた辺りで察せられるだろうが、殆ど好きになっていたような状態だったのだ。

そんな中、必死の思いで拒絶した。いや、実に頑張ったと思う。

正直、自分の中には『どうして拒絶したんだ。側妃でもいいではないか』と言ってくる悪魔がいて、今でも定期的に『お前は馬鹿な選択をした』と心を突き刺してくるくらいだから、完全に気持ちを切り替えるには時間がかかると分かっていた。

「『側妃でもいい』なんて、絶対に本心ではないし、それを受け入れたら後悔すると分かりきっているのにね。恋心ってすごいと思うわ」

心にもないことすら我慢しようとするのだから、恋の情熱は侮れない。あと、私にそんなことを思う気持ちが欠片でもあったことがびっくりだ。

二番目なんてノーサンキュー。

その気持ちが九割九分であることは間違いないのだけれど、残り一分が意外とうるさくて嫌になる。

「あー。やだやだ」

好きになりきっていなかったことだけが救いだ。

国王と物理的に離れたことで、気持ちも落ち着かせやすくなるだろうし。

あと、リリスのガチ恋勢ぶりを思い出せば、燃え上がりそうになる気持ちもすっとおさまる。

彼女に恨まれるのは避けたかったから、結果的に私はよい選択をしたのだと思うことができた。

「私は平穏に生きる。普通にこれからもいつも通りの毎日を過ごす。それが一番」

自分に言い聞かせる。

言い聞かせている時点で手遅れのような気がしないでもないが、考えたら負けだ。

しかし、国王と会わなくなってから二週間。

その間ずっと屋敷に籠もりきりだったから、そろそろ外に出て気分転換に勤《いそ》しむのもいいのではないだろうか。

部屋でダンゴムシのように丸まってブツブツ言っているから、いつまでも思い切れないのだ。

パアッと気持ちの晴れることでもすれば、案外簡単に忘れられるかもしれない。

いや、きっとそうだ。そうに違いない。

「うん……そうね」

すっくとソファから立ち上がる。

そうだ。久しぶりにライネスに会いに行くというのはどうだろうか。

友人に愚痴を零せば、この鬱屈した気持ちも楽になるはず。

そういえば、紅茶もそろそろ買い足さなければならなかった。

もう、友人に会うこと以外考えられない。

「……出かけよう」

先ほどまでの沈んだ気持ちが嘘のように、気持ちが前向きになる。

やりたいことができたのが良かったのだろう。メイドを呼んで、外に出る準備を整えた。

よし、出かけるぞと思ったところで、一階の玄関辺りがガヤガヤとし始めたのが聞こえてきた。

「?」

「どなたかお客様でしょうか」

着替えを手伝ってくれたメイドが首を傾げる。

もし誰か来ているのなら、外に出るのは少し待った方が良さそうだ。様子を見ることにして部屋の中で待っていると、しばらくして扉がノックされた。

「はい」

「お嬢様、宜しいでしょうか」

「ええ」

返事をする。入ってきたのは執事だった。彼は私に一礼すると「陛下がおいでになっております」と告げた。

「え」

——陛下が？

まさかこのタイミングで来るとは思わなかったので反応が遅れた。

驚く私を余所に、執事が話を続ける。

「お嬢様にお話があるそうで、できれば下まで来てもらいたいとのことでしたが……どうなさいますか？」

「は、話？」

今更、なんの話をされるのか、全く見当もつかない。

だって、もう全部終わったではないか。

だが、国王を待たせるわけにはいかないだろう。それに話があると言われてしまっては、断るのも失礼だ。少し悩みはしたが、結局私は頷いた。

「お会いするわ。ちょうど外に行こうと思っていたところだったから、このまま行きます」

「承知致しました」

執事と共に部屋を出て、廊下を歩く。

私の部屋は二階だ。廊下を歩き、大階段を下りれば一階の玄関に辿り着く。

「……陛下」

大階段を下りる前、階下を確認すると、国王が父と話しているのが見えた。

二週間ぶりの国王は、以前見た時より元気そう……というか、ずいぶんと明るい雰囲気である。

——何か良いことでもあったのかしら。

気にはなるが、私には関係ない話だ。

大階段を下りる。父と話していた国王がふとこちらを見上げ、嬉しげに笑った。

「ベリー」

——う。

不意打ちの笑みに、胸がドクンと大きな音を立てた。

じんわりと頬が染まっていく。それを誤魔化すように深呼吸をし、階段を下りきる。

国王が私の側へとやってきた。

「ベリー、二週間ぶりだな。変わりはないか？」

「はい、お陰様で。陛下こそ、お顔の色が良いみたいですね」

「分かるか。実は、ここのところ悩んでいた問題がついに解決したのだ」

にこやかに告げる国王に「そうですか」と答える。

どんな悩みがあったのかは知らないが、解決したこと自体は素晴らしい。

「良かったですね」

「ああ、ありがとう。……それで、今日はベリーに話があるのだ。少し時間を貰いたいのだが、構わないか？」

父にさっと目を向ける。頷きが返ってきたのを確認し、返事をした。

「はい。私の方は構いません」

「ありがとう。それなら外に出よう。あまり他人に聞かれたい話ではないのでな」

「……分かりました」

首を傾げつつも頷く。

他人に聞かれたくない話とはなんだろうと思うも、今ここで話せないというのなら、ついていくしかない。

彼が話をするために選んだのは、前回ふたりで話すこととなった寂れた教会だった。

「……中に入ろうか」

国王が、蝶番《ちょうつがい》が少しおかしくなった扉を力任せに開ける。教会は放置されて五年ほどが経つのだけれど、その間誰の手も入っていない。突然壊れたりはしないだろうかと少し心配だったが、国王が気にせず中に入っていったので、諦めてついていった。

「うわ……中もひどい……」

初めて入った教会は、屋根に大穴が開いていた。そこから日の光が差し込んでいるので明るいのだけれど、その分荒廃も進んでいる。

床からは草花が伸び、所々地面が見えているところもあった。

チャーチチェアも傷んでおり、埃《ほこり》が薄ら積もっているのが見える。

「……ここなら誰にも聞かれないか」

周囲を確認し、国王が呟く。ここまで念入りにしなければならないほど大事な話なのか。

そして、そんな大事な話を私が聞いていいのか。

疑問しかなかったが、黙って彼を見る。国王はヒビの入った講壇の前に立つと、振り返り、私に言った。

「——結婚の話は断ったぞ」

「へ？」

いきなり何を言い出すのか。

突然すぎて、何も理解できない私に国王が言う。

「結婚の話だ。君が言っていたことだろう。いつか私に外国から妃を娶れという話が来ると。もう忘れたのか？」

「い、いえ、それは覚えていますけど……」

どうしてその話が今出てくるのか。困惑する私に国王が続ける。

「二週間前、君に振られて王城に戻ったところに、ちょうど隣国ノリスから王女を妃に娶らないかという話が来てな。結婚して軍事同盟を結ぼうとそういう話だ。最近、我が国もノリスも他国に狙われているからな。ただ、君に言われたばかりだったから、あまりにもタイムリーで驚いたが……もしかして君は何か知っていたのか？」

「い、いえ。外国の思惑など私が知るはずがありませんから」

ゲームで知っているなんて、気が狂ったとしか思えない発言だと思うので、何も知らないを貫き通す。

そうしながらも、私は『やっぱり、ゲーム通り話は進んでいたんだ……』と思っていた。

とはいえ、ゲームとは少し違うところもある。

ゲームでは戦争が起こったあとに結婚と同盟の発表があったが、現実ではまだ戦争は起きていない。

先に結婚と同盟の話が来ているのだ。

「ノリスの王女。おめでとうございます。お似合いだと思います」

確か、一枚絵のスチルがあったなと思い出す。バルコニーで国王の隣に立ち、笑顔で手を振る女性のイラストだ。

ゲームを思い出しながら祝いの言葉を述べる。国王が「おい」と不満そうに言った。

「どうしてそこで『おめでとう』が出てくるのだ。私は最初に結婚は断ったと言っただろう」

「え……」

「話を聞いていなかったのか？」

「へ、え……」

――断った？

あり得ない展開にギョッとする。

「な、どうして……！」

思わず声が出た。

ノリスから妃を迎えなければ、間違いなく我が国は、国土を狙っている諸外国に蹂躙《じゅうりん》されることになるのに、それを国王自身が一番分かっていると思うのに断ったのか。

意味が分からない。

混乱する私に国王がまるで当たり前のことを告げるように言う。

「どうしても何も、私には好きな女がいるのだ。他の女など迎える気にはなれないだけなのだが、そんなに驚くようなことか？」

「だ、だって……国王の結婚でしょう？　普通は国益のためにするものではないのですか？　特に外交問題が絡んでいるのなら尚更……」

それを、私のことが好きだからで断るとは思わないではないか。信じられない気持ちで国王を見る。国王は何故か照れくさそうに言った。

「その通りだ。国王とは国のために在るものだからな」

「そ、そうでしょう！　それならどうして！　い、今からでも遅くありません。先方に了承のお返

事を――」

でなければ軍事同盟が。

焦りながら告げると、国王はあっさりと言った。

「いや、もう遅いと思うぞ。何せ話は全部つけてきたからな。その処理に二週間かかったのだ。全て終わったからこそ、今日ここに来ることができた」

「嘘……」

青ざめる。

国王は結婚話を断ったと言った。つまり、二国間で軍事同盟が結ばれないわけで――ゲームではそれで退いてくれたはずの他国の侵略、それはどうなってしまうのだろう。

現実で戦争が起こった時、何が引き起こされてしまうのか。

――え、私のせいでもしかしたら、国が滅びるとか？

心底ゾッとした。

他国との国力差はかなりのものだ。ノリスと協力しなければ、間違いなく王都は落とされてしまう。そうなったら、この国の人たちはどうなるのか。

恐怖でガタガタと身体が震え始める。そんな私を落ち着かせるように国王が言った。

「何を勘違いしているのか知らないが、ノリスとはきちんと軍事同盟を結んでいるぞ。当然その辺りの問題は解決してある」

「ど、同盟を結んだ!?　……ど、どうやって？」

縋るように国王を見る。

軍事同盟は、結婚が条件だ。それをどうやって結ぶことができたのか。

彼は「ふむ」とひとつ頷くと「最初から話そうか」と言った。

そうして近くのチャーチチェアに腰掛ける。軋《きし》むような音がしたが、幸いにも椅子は壊れなかった。

「良ければ君も座ってくれ。少し話は長くなる」

「……いいえ、私は結構です」

「そうか」

埃の溜《た》まったチャーチチェアに座る気にはとてもではないがなれない。

遠慮ではなく本心から断る。国王はそれ以上無理に勧めてはこなかった。

すぐに本題に入る。

「――君に振られたあと、城に帰った私に待っていたのは、ノリスからの『王女を妃にどうか』という手紙だった、というところまでは話したな？」

「……はい」

返事をする。

そこはゲーム通りだ。

うちの国もノリスも、他の周辺諸国に比べて小さな国で、本気を出して侵略されれば間違いなく負けてしまう。

そのための対抗策が、互いに軍事同盟を結び、助け合うこと。

一国だけでは敵《かな》わなくても、二国で対抗すればなんとかなる。それをノリスも我が国も早い段階から考えていた。

だけど、ただ協力し合いましょう、助け合いましょう、というわけにはいかない。

そう言っておきながら裏切られる可能性もないとは言い切れないからだ。残念ながらノリスも我が国も、そこまで相手国を信用できていないのが現実。

それならどうするか。

絶対に裏切らないようにするしかない。その方策が結婚という結びつきを利用することだった。

ノリスは第一王女を妃としてクランブル国王に嫁がせる。

王女は人質のようなものなのだ。そして我が国も嫁いで来た王女を王妃として遇することで、裏切るつもりはないとアピールする。

これは、互いを信用しきれない国同士が結びつくために必要な儀式。

それが分かっていただけに、断ったという話が信じられなかったし、今も信じられない。

だって国王は、国のために己を捨てることができる人だから。

これは絶対に覆ることのない話だと、そう思っていたのに――。

じっと国王を見つめていると、彼は気まずげにぽりぽりと頬を掻いた。

「……正直に言うから、どうか軽蔑しないで欲しい。……この話を聞いた時、王女を娶るのも悪くないと思ったのだ。国のために結婚するのは国王である私の義務だし」

「でしょうね。私もそう思います」

「……ついでに言うと、ちょっとだけ、君を側妃に迎えたいとも思った」

「……は？　それはお断りしたと思いましたけど？」

ジロリと睨めつける。国王は慌てた様子で言った。

「分かっている！　少々魔が差しただけだ。それにすぐにそれは駄目だと気づいた。どっちも、なんて都合の良い話は転がっていない。そうしては駄目なんだと。どちらか一方を選ばなければならないのだと分かっているとも！」

「……」

「国王であるならば、当然選ぶのは王女だ。だが私は、どうしても君を諦めたくなかった。だから可能な限り足掻いてみることにしたのだ」

「足掻く……？」

どういうことだろう。

国王を見ると彼は頷き、話を続けた。

「実はな、少し前に情報屋ジュネスに色々と情報収集を頼んでおいたのだ。我が国を攻めようとしている国の情報……あと、近いうち、軍事同盟を結ぶ可能性のある隣国ノリスの情報を。君と紅茶店で出会った時のことだ。覚えているか？」

「はい」

ジュネスの名前を呼びながら店内に入ってきた衝撃は、未《いま》だ鮮明に思い出すことができる。

「あれは君が助言をくれたことがきっかけで、行った依頼なのだ。君が言った通り、貨物船が狙われていたのには理由があった。一見、単なる金目当ての犯行に思えたが、調べてみれば分かる。明らかに我が国とノリスが集中的に狙われていたのだ。もっと調べれば、誰の指示なのかも分かった。……昔から我が国を己の支配下に置きたいと思っている国だ」

「……」

「気づくのが遅れれば、致命的なことになっただろう。奴《やつ》らは、船だけではなく、他にも色々と画策していたようでな。今回のことがきっかけで、芋づる式に奴らの動きを知ることができた。ノリスも彼らの動きには気づいていて、だからこその今回の婚姻の手紙となったのだろうが、そこでジュネスに頼んだノリスの情報が役に立った」

「……ノリスの情報？」

「私の結婚相手にと勧められている王女。彼女には想い合う恋人がいるようなのだ。だが、国のためその相手と別れ、私に嫁げとノリス国王に言われている」

「へっ、そうなのですか？」

王女にそんな相手がいたなんて全く知らなかった。

だってゲームでは王女側の事情なんて描かれていなかったから。

同盟のために王妃として嫁いで来た王女。それ以上の情報はゲームでは必要なかったのだろう。

彼女に実は恋人がいたとか、余計なエピソードが増えるだけである。

「王女は結婚に前向きではないという情報も得た。当たり前だな。想い合う相手がいて、そうではない者と結婚したいわけがない。そこまで情報を摑んだ私は、ノリスに返書を送った」

「えっと……なんと書いたんです？」

国家同士のやり取りを聞くのはどうかとも思ったが、ここまで話を聞いていて、尋ねないのもおかしいだろう。

私の疑問に国王はニッと笑って言った。

「良い案だと思うが、すでに自分には結婚を考えている相手がいるから、王女を貰い受けるのは難しいと告げた。王女の方にも想い合う相手がいることは承知している。互いに心が別方向を向いている状態で結婚しても、良い結果にはならないのではないかと正直に告げたのだ」

「……え、いや、それ、完全に個人の感情の話じゃないですか。国と国の結びつきに感情論を持ち込むのはおかしいのでは？」

どっちも好きな相手がいるから無理、で通らないのが王族の結婚だ。

そして今、目の前にいる彼も、それを冷静に判断して、なおかつ実行できる人だったはずなのだけれど。

「国王としての返事がそれって、どうなんです？」

「まあそうだな。君の言うことは間違っていない。国の返事としては最低の部類だろう。だが先ほども言った。足掻いてみることにした、と」

「それは聞きましたけど」

「ジュネスの報告から、王女が相当、今回の結婚話を嫌がっているのは知っていたのだ。向こうの国王も困り切っていると。ここで私が了承の返事を出せば、向こうは『もう返事が来たのだから、国のために嫁げ』と言えただろうし、王女もそれ以上拒否できなかっただろうが、私は断ったからな。向こうの国王も相当困ったと思うぞ――というか、ジュネス曰く、私が断ったことで王女はより一層頑なになったらしい。向こうも断ってきているのに嫁ぐなんて絶対に嫌だ、と盛大な親子喧《げん》嘩《か》が発生したらしい」

「……」

「そうして思い詰めた王女は、ついには想い合っている恋人と手を取り合って、駆け落ちする……という手段まで取ろうとしたらしい。国のためとか、そういうのはもう考えられない状態だったのだろうな。気の毒なことだ」

「気の毒って……」

全然口調が気の毒がってない。ジトッと国王を見るも、彼はなんのことだとばかりに笑っていた。

多分、そうなるように水面下でライネスを使って仕向けたのだろう。

国王エリックが、策略にも長《た》けた人物であることはゲームを通じてではあるが知っている。

「王女を可愛がっていた国王は、そこでようやく結婚という案を断念したそうだ。ジュネスから話を聞いた時はガッツポーズが出たな」

「それ、自慢げに言うことではありませんから」

「そうか？　予定通りに事が運んでくれたのだから嬉しいに決まっている。とにかく結婚という手段は取れないのだと、ノリス国王に思ってもらわなければならなかったのだから」

「思ってもらってどうするんです？　同盟は諦めるんですか？」

「まさか。同盟を結ばなければ、近い未来、我が国は他国に侵略されるだろうし、それは向こうも同じだ。だが、なんらかの対価は必要だ。何もなく、ただ助け合いましょうはできない」

「そうでしょうね」

互いを信用するために必要な『人質』。

それがなければ同盟を結ぶことはできない。何せ、どちらも互いの国を心底からは信用していないから。

信用できないのは、過去に戦争をしたことがあるからだ。

ノリスとは完全に仲良し！　というわけではない。強く結びつくには、互いにそれなりの対価を差し出さなければならない。

裏切られないと納得できるものを、互いに提示しなければならないのだ。

「それで、だ。私は代わりとなるものを提案した。普通なら受け入れてはもらえないだろうが、軍事同盟の必要性、そして緊急性は痛いほど分かっているだろうし、結婚という方策が使えないと焦っている今なら検討してもらえるのではないかと思ってな」

追い詰められている状態で、代わりになるものの提案をする。

……なんだろう。方法としては間違っていないのに、詐欺師のやり口を見ているような気がした。

「代わりのもの……何を提案したんです？」

「うむ。互いの国宝を交換しようと言った。うちの国からは『レディスの涙』を。向こうからは『エミネムの指輪』を出さないかと提案したのだ」

「レディスの涙⁉」

とんでもない名前が出てきて、目玉が飛び出るかと思った。

レディスの涙とは、我が国に昔から伝わる滴型のペンダントで、不思議な力を秘めると言われている。戴冠式の時に国王がつけるもので、普段は厳重に保管されている品。

エミネムの指輪も同じようなもの。

ノリスに伝わる、代々の国王が戴冠式の時につける指輪で、まさに国宝と呼ぶに相応しい、私ですら知っている有名すぎる品だった。

「えっ……戴冠式の時にしか使われない国宝を、それぞれ同盟の人質として差し出すんですか⁉」

それ、大丈夫なのか。

提案されたノリス国王もきっとものすごく驚いただろう。まさかエミネムの指輪を要求されるとは思わないし、レディスの涙を出してくるとも思わなかったはずだ。

国王はあっけらかんと笑った。

「通常なら、一蹴されて終わりだろうな。だが、軍事同盟を結ぶ以外に他国の侵略を防げる手段はなかったし、現状、結婚も不可能。かといって、何もなしに同盟を結べるほど互いのことを信用していない。絶対に裏切れない何かを用意する必要がある。その点、互いの国宝なら完璧だろう。こんなものを預けている以上、裏切るなんて絶対にできないし、我ながらなかなか良い案を思いついたと思ったぞ」

「そもそも自国の国宝を他国に預ける、があり得ないんですよ……」

「それだけ相手国を信用しますという強い証明にもなり得る。正直、どういう返答が来るか楽しみだったのだが、一週間後に返書が届いてな。こちらの提案を受け入れるとあった」

「……嘘……受け入れちゃったんですか」

国宝を差し出すというのに『楽しみ』と言えるメンタルが強すぎる。

いや、こうでなければ国王など務まらないのかもしれないけれど。

愕然とする私を余所に、国王がしみじみと告げる。

「互いに同ランクの国宝を提示したのが良かったのかもしれんな。あと、それだけ向こうの国王も追い詰められていたということだ。ま！　それはこちらもだがな。ははははっ！」

「笑い事じゃありませんよ、もう……」

カラカラと笑う国王を見ていると、ドッと疲れが襲ってきた。

古くから伝わる国宝を担保にして、軍事同盟を結ぶ。まさかそんなことが起こりうるとは思いもしなかった。だってそんな展開、ゲームのどこにもなかった。

結婚以外の選択肢が示されたことなどなかったのだ。

でもそれは当たり前なのかもしれない。国王は攻略キャラではない。だから他の可能性なんて描かれているはずがないのだ。

「話が決まればあとは簡単だ。書類を整えて、実行に移せばいい。そして昨日、国宝の交換と共に同盟は成った。今日にも、正式に国内外に向けて発表されるだろう。我らの国を狙っていた者たちはきっと驚くだろうな。虎視眈々と準備を整えていたところに軍事同盟の発表があるのだから」

「……」

「早めに行動に移すことができたのも良かった。同盟を結んでいる間は戦争が起こることはないだろう。それはベリー、君のお陰だ。君のお陰で全てを早めに行動することができた。本当に感謝している」

「……戦争が、起こらない？」

聞き逃せない言葉に肩が揺れた。

ゲームでは必ず起こっていた戦争。それが現実のこの世界では起こらないというのだろうか。

先に手を打つことができたから？

気休めでもなんでもなく本当に？

「本当に、戦争は起こらないんですか？」

まだ信じ切れなくて恐る恐る尋ねる。国王は力強く頷いた。

「起こらないな。ノリスとクランブルが結びついたことで、国力はかなり増強された。戦争とは基本、勝てると思うから始めるのだ。勝ち目がないと分かっていて、大切な資源や人材を消費しようとは思うまいよ。間違いなく諦めるはずだ」

「……そう、ですか」

国王の言葉を聞き、無意識に入っていた力が抜けた。

よろよろと近くのチャーチチェアに腰掛ける。埃が舞ったが、今はそれを気にかける余裕もなかった。

だって、戦争がなくなったのだ。

どうしたって避けられないと思っていた戦争。それを避けることができたなんて。

「良かった……」

「君の助言がなければ、気づくのに遅れ、戦争を回避できなかったかもしれないが、それは起きなかったことだ。……大丈夫。戦争は起こらない」

「はい、はい……」

何度も頷く。

国王の話を最初に聞いた時は、私のせいで国家滅亡の危機かと本気で焦った。

皆が傷つき、亡くなってしまうのかと、どうしたらいいのかと途方に暮れた。

だけど、それは杞憂で済んだのだ。

国王はきちんと私の話を聞き、根回しを済ませ、最善の結果が出るように動いてくれた。

「ありがとうございます、陛下」

「礼を言うのはこちらなのだがな。それに王として国を守るために動くのは当然のことだ。……特に私は私情で王女との結婚を拒絶したのだから、絶対に結果を出す必要があった。私情を優先した結果、国家に危機をもたらした……は、さすがに自分が許せないからな。私情を貫き通すのなら、それに見合った働きをしなくては、誰も私を認めてはくれないだろう」

「……そう、ですね」

キッパリと告げる国王の姿に、ちょっとだけ見惚れる。

そう言って、有言実行できてしまうところはすごいと思う。

国王が私に目を向ける。

こほんとわざとらしい咳払《せきばら》いをした。

「それで、だな」

「？　はい」

まだ何かあるのだろうか。

首を傾げていると、国王は立ち上がり、私の近くへとやってきた。

「……これで、君の言っていた問題はなくなったのだが」

「え……？」

パチパチと目を瞬かせる。

国王が悪戯っ子のような笑みを浮かべた。

「私が外国から妃を娶る。その可能性はなくなったと言ったのだ。つまり、君を側妃などという地位に甘んじさせる必要もないのだが」

「え、え、え……」

「ノリスと同盟も結びたいが、君も諦めたくない。足搔いた結果としては、なかなかに上々だと思うのだが、評価はしてもらえるのだろうか。私は、君を娶りたくて頑張ったのだが」

「……」

あんぐりと口を開ける。国王は真剣な面持ちで私に告げた。

「王女と君、どちらも取るというのは許されない。私が選んだのは君だ。だが、君に罪悪感を抱かせることがあってはならないし、国を守る国王として同盟も結ばなければならない。……だからそれを実現すべくこの二週間、必死に頑張ってきたのだ」

何も言えず、ただ国王を凝視する。国王は小さく微笑んだ。そうして強く告げる。

「私は、君を選んだぞ」

「……」

「君から指摘された問題は解決した。君が私を拒否する理由はもうないと思うが……それとも、まだ何かあるのだろうか。あるのなら全力で対応するから言ってくれ」

こちらを見つめる瞳には熱が籠もっていた。

私はてっきりこの二週間で、私のことを忘れてしまっているのだと思っていたのに、彼は私を得るために必死に走り回っていたというのか。

「ちなみに、大臣連中にも根回しは済ませてあるから、君が皆にどうこう言われる心配はしなくていいぞ。同盟が無事成った暁には、好きな女性と結婚させろと言っておいたのだ。皆、まさか向こうが国宝を交換するなどという荒唐無稽な提案を受けると思っていなかったからな。好きにすればいいと言ってくれた」

「それ……どうせ失敗するだろうから、好きにさせておけ的なやつじゃないですか」

本気で賛成しているわけではない。

私でも分かったことだが、国王はいけしゃあしゃあと言ってのけた。

「だとしても、だ。約束したのは事実だし、書面にサインもさせたからな。今更、やっぱり駄目ですは聞かん」

「……サインまでさせたんですか」

「当たり前だろう。証拠を残しておかないと、ああいう連中はすぐに『記憶にない』とか言い出すからな。実際、同盟が成った瞬間、自分たちの息のかかった女を紹介してきた。鼻先に書類を突きつけてやったら黙ったが。やはりサインさせておいて正解だったな！」

正解だったな、ではない。

力技というか策士というか……。

——抜かりがないという点ではいいのかもしれないけど……。

自分が間接的にどころか、がっつり関わっているのが嫌すぎる。

「陛下……」

「ふふん。約束は約束だ。恨むなら、どうせ無理だろうと高を括って、安易にサインした自分を恨めばいい」

「それはそうですけど……はあ」

なんだかなあという気持ちになる。国王が姿勢を正し、心持ち顔を赤くしながら私の名前を呼んだ。

「ベリー」

「……はい」

真剣な声音。このあとにどんな言葉が続くのか、聞かなくても分かるような気がした。

「もう一度言うぞ。私を選んでくれ」

「……」

静かに告げられた言葉が心に染み込んでくる。

「私は君が好きだ。一度惚れてしまえば、もうどうやったって気持ちを抑えることはできない。想いは膨らむ一方だし、この先消えるとも思えない」

国王が私に向かって乞うように手を伸ばす。その手をただ、私は見つめた。

国王が眉を下げ、ひどく情けない声で言う。

「なあ、頼む。もう諦めてくれないか。私に至らないところがあるのなら遠慮なく言ってくれ。改善する。他にも要望があるのなら受け入れる。君を得るためならなんでもしよう」

「……なんでも、なんて」

国王が言っていい言葉ではない。だけど国王は取り消さない。取り消さず、言葉を紡いだ。

「──だからいい加減、私に捕まってくれ」

その言葉がどこか甘く聞こえたのは、どうしてだろうか。

「私、は……」

じわじわと頬が赤くなっていくのが言われなくても分かる。

彼から言われた言葉がじんわりと身体中に染み込んでいくような気がした。

国王がどれだけ私のことを想ってくれているのか、そのためにどんな努力をしてきたのか。

告げられ、嬉しいと感じている自分がいることに気づいていた。

嬉しい。そう、嬉しいと思っているのだ。私は。

でも、それは今に始まったことではない。結構前から感じていて、そんな彼をずっと私は愛して
——とじわじわと自覚し始めたところで国王が言った。

「……少し時間が必要なようだな。返事はまた、後日貰いに来る」

「えっ……」

「もちろん良い返事しか期待しないが……まあ、君の今の様子を見ていれば大丈夫そうだな。……

うむ、次までに心の準備を整えておいてくれ」

「……は、え、は……?」

「ではな」

「ちょ……待……」

「期待しているぞ～」

軽く笑い、国王が教会から出て行く。それを私は呆然と見送った。

なんということだろう。

まさかこの、まさに今恋を自覚したというタイミングで帰られるとは思わない。

でも、ちょっと混乱気味の私にはちょうど良かったのかもしれなかった。

誰もいなくなった教会。ひとり取り残された私は、空を仰いだ。

天井に穴が開いているので、青い空がよく見える。今日の空は雲ひとつない、綺麗な青空だった。

それを見ながら小さく呟く。

「……あはは。好きになっちゃった。どうしよう」

あれだけ好きにならないようにと気をつけていたのに。

落ちそう、拙いぞという認識を持ちつつも、なんとか恋しないでおこうと頑張っていたのに、私ときたら、今のやり取りで完全に彼に対する恋を自覚してしまったのだ。

「……うわあああああ」

頭を抱える。

信じたくない。あんなに好きになるまいと努力していたのに、さっきまではまだかろうじて『好きではない』と言えたのに。

でも、仕方ないではないか。こんなの、好きになるしかない。

彼の真剣な言葉と、この二週間取り組んできたこと。これらを聞いて、それでもまだ『好きではない』と言えるほど、私の心は頑なではないのだ。

彼が私の言葉を聞いて、王女を迎えない決断をしたことが嬉しい。

まだ、私を求めてくれていることに歓喜している。

そんなの『好き』になる以外ないではないか。

自分の気持ちを認めるしかないではないか。

「……はあ、参った」

その場に蹲《うずくま》る。

突然、自覚する羽目になった『好き』の感情。

それは嵐のように私を苛《さいな》み、あっという間に混乱の境地に叩き落としてくれたのだった。

◇◇◇

「ライネス！　ライネス！　話を聞いて‼」

次の日の昼、私は紅茶専門店『アメジスト』に突撃した。

あのあと、自分の気持ちを自覚してしまった私に平穏が訪れるはずもなく、ついでに言うのなら、告白の返事をする機会を後回しにされてしまったため、とてつもなく落ち着かない時間を過ごす羽目になった。

好きだと自覚したのなら、さっさと言ってしまいたい。

悩んでいた王女を迎える話もなくなったのだ。問題としていた部分を綺麗に解決されているのに、応えないという選択肢はない。

だが、自分から城に突撃するのも違うような気がする。それなら屋敷に来てくれたタイミングで「ありがとう、好きです！」と言おうと画策したのだけれど、今日に限って国王は来なかった。

全く、来なくてもいい時にはいくらでも来るくせに、来て欲しい時には来ないタイミングの悪い男である。

そうしてすっかり気持ちを持て余した私は、誰かにこの昂《たかぶ》る想いをぶちまけたい一心で、友人の店へ駆け込む決意をしたのだった。

「ライネス！　あのね、あのね！」

扉を開け、誰もいないか確認してから口を開く。

「……うん、ベリー。落ち着いて。つーか、すごいテンション高いけど、なんか良いことでもあったの？」

勢いよく話し始めた私に、ライネスは口の端を引き攣らせた。

「ベリー、落ち着こ。ね？」

「落ち着きたいけど、この昂る気持ちを抑えられないの……！　ねえ、これどうすればいい⁉」

「どうどう。ま、どうせ暇だったから、話くらいいくらでも聞くけど。とりあえず、紅茶を淹れてあげるから飲みなよ。そうすりゃ、少しくらいは落ち着くでしょ」

「あ、ありがと……」

「うん、どういたしまして」

言葉通り、カウンターに紅茶が出てくる。柔らかい味の紅茶を飲むと、少しだけ気分が落ち着いた。

「あ……美味しい」

「でしょ。これ、ベリーが好きかなと思って仕入れてみた」

「うん、大好き。え、本当に美味しいんだけど……これ、絶対に買って帰る」

ちょうど新しい紅茶が欲しかったところだしと頷くと、ライネスは嬉しそうに言った。

「まいど〜。ベリーってほんっと、紅茶には金の糸目をつけないよね。そういうとこ好きだよ。いいお客さんだ」

「ありがとと。私も好みの茶葉を仕入れてくれるライネスのこと好きよ」

なんでも話せる友人だし。

ライネスは男性だが、下手な同性より話が合うのだ。特に紅茶の好みは近いものがあるらしく、話せば異様に盛り上がる。彼と友人のままでいられることは、私にとってとても有り難いことなのだ。

本当に、疎遠にならなくて良かった。

「良かったらクッキーも食べなよ。これ、その紅茶の茶葉を使ったクッキーなんだ」

小さな丸い形のクッキーが出てくる。私は目を輝かせてそれを頬張った。

「美味しい！」

「でしょ。おれもそう思ってさ、反射的にクッキーも仕入れちゃったんだよなあ。ちょっと買いすぎたから、ベリーも買ってくれると嬉しいんだけど」

そもそも買うという選択肢しかないので頷く。

「もちろん。そっちも買って帰るわ」

「まいどあり！　あー、良かった。無駄に在庫を抱えずに済んだ。で？　今日はなんの話をしに来たの？」

クッキーと紅茶で落ち着いたと判断したのだろう。ライネスが話を戻してきた。

私はクッキーを一枚しっかり食べてから、彼に言った。

「これから話すことは秘密。誰にも言わないって約束してくれる？」

「大袈裟だな。……ははーん！　もしかしてコイバナ⁉」

「ど、どうして分かるの⁉」

ピコーンと豆電球が光ったみたいな顔をして、ライネスが鋭く告げる。まさか当てられるとは思わなかったから驚きだ。

動揺する私にライネスが指摘する。

「えー、だってベリーがなんか可愛くなってるからさ。もしかして恋でもしてるのかなって思ったわけ。あ、一応言っておくけど、相手がおれとかやめときなよ。絶対に幸せになれないからさ」

「ライネスに恋をする可能性は、万が一にもないから安心して」

ライネスルートなんて絶対にごめんだ。

それに私にはすでに好きな人がいるのである。

秒で断ると、ライネスも「だよね～」と笑った。

「大丈夫。さすがに本人にコイバナ仕掛けてくるタイプではないって知ってるよ」

「当たり前。ライネスは友達枠なの。それ以上はないわ」

「うん、おれも同じ。気軽に話せる友達って大事だよね～」

「そうそう」

同意しかなかったので頷く。ライネスが楽しそうに聞いてきた。

「で？　ベリーはどこの誰を好きになったの？　確か、婚約者とかはいなかったよね？」

「いないわ。その、相手はライネスも知っている人なんだけど……」

むしろ知っている人だからこそ話を聞いて欲しかったのだ。

「え、おれの知り合い？　誰だろ……。おれ、わりと顔が広いからなあ」

「情報屋って言ってたものね」

「そうそう。おれの客は貧民から国王まで幅広いから……って、あ、分かった。ベリーの好きな人って王様だろ」

「っ！」

一発で当てられ、顔が赤くなった。

私の反応を見て、ライネスがニヤニヤし始める。

「え、マジで？　前にこの店で遭遇した時はそんな感じはなかったのに、いつの間にそんな話になったのさ。詳しく話してみ？」

「……う、うん。あのね……」

国関係の話してはいけなそうなところは省き、これまでの経緯を説明する。

とはいっても、ライネスは国王から依頼を受けていたので、その辺りは全部知っているだろうけど。

知っているからといって話していいかは別問題だと分かっている。

「――ということなの」

一通り話を終える。第三者に説明したことで、自分の気持ちも整理できたような気がした。

時折相づちを打ちながら聞いていたライネスが、ニヤニヤしながら言ってくる。

「なんというかさ、ベリー、すっかり恋する乙女だね～」

「っ！　な、な、何を！」

「だって王様のことを語る時のベリーって、すっごく可愛い顔をしてるんだよ。え～、これでまだ好きだって王様に言ってないの？　態度だけでもバレバレだって思うけどな」

「す、好きってちゃんと自覚したのは、き、昨日だから」

「ああ、そうだったね。えっと、他の人との結婚話を蹴ってまで、自分を選んでくれたことが嬉しくて自覚したんだっけ？」

「そ、そこまで言ってない！」

「言ってなくても実際そうでしょ。やっぱり恋する乙女じゃないか」

「いやあああああああ！　言わないで!!」

他人に自分の心情を説明されることほど恥ずかしいことはない。

それに、思うのだ。私、なかなかに最悪な女ではないだろうかと。

だって『私が欲しいなら他の女は諦めろ』と言ったも同然だし、実際、私は国王にそれをさせてしまったのだから。

その自覚があるだけに、ライネスからの指摘は胸が痛かったが、彼は馬鹿にしたりはしなかった。

「別にそんなの普通でしょ。恋なんて自分勝手なものなんだ。自分だけ見て欲しいって思うのは当たり前。むしろ良い子ちゃんの振りして『側妃でもいいですよ』なんて言わなかっただけおれは好感が持てるけど？」

「そ、そう？」

「嘘つきよりよっぽどいいよ。それにベリーは『だから受け入れられない』ってちゃんと断っているからね。それに対して、考えて行動を起こしたのは王様だ。君が気にするところじゃない」

「うん……」

小さく頷く。

想いを肯定してもらえたのが嬉しかった。

ライネスが優しい声で促す。

「好きって自覚したのなら、ちゃんと言ってあげなよ」

「うん、そのつもり。その、本当はね、昨日改めて告白された時に頷こうと思ったの。ちょうどそのタイミングで自覚もしたし。でも、返事をしようと思う前に『あとでいい』って言われてしまって」

「タイミングを逸したと？」

「そう！　今日もね、朝、来てくれたらお返事しようってスタンバっていたの。でも、今日に限って陛下、来ないし!!　昨日の今日だもの。絶対に来てくれると思ったのに〜！」

バンバンとカウンターを拳で叩く。

私はさっさと言ってしまいたいのに、肝心の国王と会えないのが辛いところだ。

返事は次でいいとのことだったが、その『次』はいつ訪れるのか、真面目に問い質《ただ》したい。

「うう、ううう……」

「ふーん。だそうだよ、王様。とりあえず、今朝行けなかった理由でも教えてあげたらどう？」

「……え？」

ライネスが放った言葉を聞き、顔を上げる。何故か彼はニヤニヤと笑っていた。そうして扉の方を指さす。

「ほら、ベリー。あっち、見てみてよ」

嫌な予感しかなかったが、身体を起こし、ライネスの指さした方を見る。そこに立っている人を見て、本気で息が止まるかと思った。

「……ひえっ」

「……う、うむ。すまない」

何故か、申し訳なさそうな顔をした国王がいたのだ。彼は、前に見た時のような冒険者の格好をしている。

「あ、あ、あ……」

身体が羞恥で震える。

もしかしなくても、今までの話を全部聞かれていたのではないだろうか。

察した私はその場で石のように固まった。ライネスが気楽な口調で国王に話しかける。

「んで？　今日はなんの用？　見ての通り、おれ、ベリーと話していて忙しいんだよね」

「きょ、今日は情報料の支払いに来たのだ。その、早い方がいいかと思って」

何故かしどろもどろになりながら国王が言う。その頬は少し赤かった。

彼はそそくさとこちらへやってくると、布袋をカウンターに置いた。じゃりんという音が鳴る。

ライネスは布袋の中身を確認すると、満足げに頷いた。

「うん、確かに。支払いが早いのは信用に繋がるから、いいことだよ。是非、また次回もご贔屓《ひいき》に。

……で？　王様、答えてあげないの？　ベリー、今日、待ってたって言ってたのに」

「ライネス！」

その話はもういい。

真っ赤になって首を横に振る。国王も私と同じくらい顔を赤くしていた。

ボソボソと答えを口にする。

「そ、そのだな。昨日の今日はさすがに迷惑だろうと思って……」

「遠慮して行かなかったの？」

「そ、そうだ」

ライネスの言葉に国王がコクコクと頷く。

ライネスは「へえ」と頷き、今度は私に言った。

「その気遣いが裏目に出たわけだ～。ベリー、納得した？」

「え？　う、うん」

「そう。じゃ、あとはふたりで話し合うといいよ。ちなみに王様は、話のほぼ最初からいたから、全部聞かれていると思った方がいいね」

「えっ……？」

「じゃあね～」

ヒラヒラと手を振り、ライネスがカウンターの奥にある倉庫に続く扉を開けて出て行く。

店主がいなくなった店に、私と国王のふたりだけが取り残された。

「……」

「……」

なんとも気まずく、無言の時間が続く。こんなところでふたりきりにされても困るだけだった。

とはいえ、ふたり顔を赤くしているだけでは何も話は進まない。

――そ、そうよね。どうにか会えないかと考えていたくらいだもの。むしろラッキーと思うべきよ！

結論が出ているのなら、何事も早い方がいいのだ。

話を全部聞かれていたのは恥ずかしいけれど、色々短縮できると思えば、悪いことではない……はず。

――いや、やっぱり恥ずかしいわ！

国王のことを好きだと話しているのを、当の本人に聞かれていたわけなのだから、恥ずかしくないはずがない。しかもまだ私はそのことを彼に言っていないのだ。告白したあとなら聞かれていてもまあ……であるが、言う前に知られていた……は相当に恥ずかしかった。

「えっと、あの……」

「う、うむ」

勇気を出して話しかけたが、国王もパッとしない返事しかしてこない。

彼の顔も赤いので照れているのは分かるが、会話が続かないのは困るところだ。

このままでは話が続かない。どうせ知られてしまったのだから、最早腹を括るしかないと決めた私は顔を赤くしたまま国王を見た。

「……その、ライネスとの会話を聞かれていた……んですよね？」

「う、うむ。す、すまない。わざとではないのだ。その……店に入ったら君たちが話しているのが聞こえてきて……内容的に声をかけづらかったというか」

それは国王を責められない。

そもそも店に入ってきた時点で気づけという話だし、己の話をされていたのでは声もかけづらいだろう。私だってかけられない。

「そ、そうでしたか。えっと、それで、ですけど……」

ここまできたら、告白する以外ないだろう。ライネスも気を利かせてくれたわけだし（聞き耳を立てられているかもしれないが、それはもう目を瞑る）絶好のチャンスだ。

「も、もうご存じかと思いますけど私――」

「……君が、私のことを好きだと言っているのが聞こえた。それは本当か？」

言い終わるよりも先に、国王が聞いてきた。

言葉を止め、まじまじと彼を見る。

「すまん。先に言ってしまって。だが、嬉しくてな。正直、昨日の君の反応で、期待はしていたのだ。だけどまさかこんなところで聞けるとは思わなくて」

照れくさそうに笑う国王から喜びの感情が伝わってくる。そんな彼を見ていると、無意識に入っていた肩の力が抜けていくような気がした。

「……私も、まさかこういう形で知られるとは思いもよりませんでしたよ。ちゃんと言おうと思っていたのに、陛下ってば、今日に限って来て下さらないんだから」

恨みがましげに言うと、国王はもう一度「すまない」と答えた。

「さっきも言ったが、昨日の今日で訪ねるのは、さすがにがっつきすぎではないかと思ってな。その……待てる余裕のある男だというところを見せたかったのだ」

「変なところで見栄を張ろうとしないで下さいよ。今更そんなことで、陛下の評価は変わりませんから」

「う、うむ……そうだな」

「……私はもう、とっくに陛下のことが好きなので」

「っ！」

ハッとしたように国王が私を見る。その目を真っ直ぐ見返し、頷いた。

すうっと深呼吸をひとつ。

私は笑って彼に言った。

「私のわがままで、ずっと拒絶していてごめんなさい。でも、私を諦めないでいてくれてありがとう。私も、その、陛下のことが好きです」

「ベリー……！」

「こんなこと言っては本当は駄目なんでしょうけど、陛下が私を選んでくれたこと、本当に嬉しかった……えっ……」

話している最中に勢いよく引き寄せられ、抱きしめられた。

突然の熱い抱擁に息が止まりそうになる。

強い力は痛いほどだったが全く気にならなかった。国王の大きな身体は私をすっぽりと包み込んでいて、甘さと多幸感が一斉に私に襲いかかってくる。

「へ、陛下？」

「……私も君が好きだ」

「〜〜っ！」

耳元で告げられた声に、ぞくりと背中が震えた。

密着しているせいか、ほんのりと汗の香りがする。

男性の汗の混じった体臭なんて不快でしかないはずなのに、何故かとても良い香りのように感じた。嗅いでいると身体が火照ってくるような、そんな気さえする。

「君の強い心根が好きだ。どんな時でも自分を曲げず、妥協せず、真っ直ぐ生きようとする君が私

にはどうしようもなく眩しく、美しく見える。君が側にいてくれたら、きっと私はどんなことでも乗り越えられる。そんな風に思えるのだ」

「……買いかぶりすぎ、ですよ。私はそんな大層な人間ではありません」

「そんなことはない。他ならぬ私がそう思っているのだから。ベリー、私の恋人になってくれるな？そしてゆくゆくは私の妃となり、共に生きてくれると約束して欲しい」

「……私でいいのでしたら、喜んで」

将来を約束する言葉に、頷いた。

好きだと自覚し、想いを告げたのなら、もう逃げる理由はない。

国王と結婚なんて厄介なことしかないだろうが、それでもこの人が相手ならいくらでも頑張ってやると自然と思えた。

――私、いつの間にこんなに彼のことを好きになっていたんだろう。

胸に頬を当て、うっとりと目を瞑る。

自覚したのは昨日だけど、きっと本当はとっくに彼に落ちていたのだろう。

好きになったら地獄だと分かっていたから、必死に自分の気持ちに蓋をしていただけで、きっかけがあれば、いつだって想いは噴き出ていたのだ。

抱きしめられていた身体を離される。国王は嬉しげに、私の手を取った。

「ようやく君を手に入れた」

その顔は本当に嬉しそうで、見ているこちらまで幸せになる。

ほわほわとした幸福感に浸りながら、口を開いた。

「……多分、本当はとっくに手に入れていたのだと思いますよ、陛下」

私が、認めたくなかっただけで。

そう告げると国王は笑い、私の目を見つめてくる。

「それで？　君はいつまで私のことを『陛下』と呼び続けるつもりなのだ？」

「え？」

「晴れて恋人となったのだ。その無粋な敬語もやめて欲しいし、名前だって呼んで欲しい。駄目か？」

「だ、駄目というか……」

そもそも国王相手に不敬だと思うのだけれど。

でも、国王本人が望んでいるのなら構わないのではないだろうか。私だってせっかくなら名前で呼びたいと思うし。

「……じゃ、じゃあ……エリック。これでいい？」

ふたりで買い食いをした時にも呼んだことがあるので、厳密には初めてではないのだが、なんだかとても恥ずかしかった。

照れつつも名前を呼ぶと、彼は何故か店の天井を見上げた。

「……どうしたの？」

「いや、ようやく君に名前を呼んでもらえたと思うと、なんだかこう、な、感慨深くてな。胸に込み上げてくるものがある」

「大袈裟じゃない？」

さすがに言いすぎではと思ったが、国王――エリックは真顔で否定した。

「大袈裟なものか。私がどれほど名前で呼んでもらいたかったか、君は知らないからそんなことが言えるのだ」

「そ、そりゃ知らないけど……」

「……即位してからずっと、当たり前だが皆が『陛下』『陛下』と判を押したように私を呼ぶ。別に間違ってていないし、嫌ではないのだがな。個人というものがどこかに消えてしまったような気持ちになるのだ。今、君に名前を呼んでもらって、生き返ったような心地になったぞ」

「……っ！　名前くらい、これからいくらでも呼ぶわ」

予想外に重たい話だった。

だけど、名前を呼んでもらえないというのは確かにしんどいことなのかもしれない。

彼の身分では、気軽に名前を呼べるような人はそうはいないだろうから……うん、恋人ならギリギリ名前呼びも許されるだろうから、代表して私が呼び続けようではないか。

私はエリックの目を見て、言った。

「好きよ、エリック」

両想いの恋人らしく、できるだけ軽く告げる。エリックは驚いたような顔をしたが、すぐに破顔した。

「私もだ、ベリー。君を愛している」

見つめ合い——なんとなく空気を察して目を閉じる。

しばらくして、柔らかい感触が唇に触れ、離れていった。

「……こんなところでファーストキスなんてする？」

「す、すまん。つい。嫌だったか？」

ちょっと文句を言うと、エリックは狼狽《うろた》えたように謝ってきた。そんな彼に言う。

「嘘。気にしてないし、嫌でもなかった。……ちょっと照れくさかっただけだったの」

優しい感触は心地いいばかりで、自分が如何に彼のことを好きなのかよく分かった。

エリックがホッとしたような顔をする。

「そ、そうか。その……良かった」

「……うん」

もだもだとしたやり取りは、私たちがこういうことに慣れていない証拠のようなものだった。

思わずふたり顔を見合わせ、笑ってしまう。

「ふ、ふふっ……」

「ははは っ……」

「なんか、私たち、馬鹿みたいね」

こんな些細なことで一喜一憂して。

そう言うと、エリックも「そうだな」と同意した。

「でも、そんな馬鹿なことを、君とふたりでなら何度でも経験したいと思うのだ」

「……ん」

恥ずかしい台詞だったが、それ以上に嬉しかった。

はにかみながらも頷く。

「私も、そう思う」

エリックと一緒なら、どんな経験でも楽しいと思える。そう確信できた。

エリックが私に手を差し出してくる。

「……とりあえず、出ないか？　このまま店にいてはジュネスも迷惑だろう」

「あ、そうね」

気を利かせていなくなったライネスのことを思い出す。

そういえばここは彼の店で、今は営業中。

いくらお客さんが来ないからといって、いつまでも陣取っているのは申し訳ない。

「行こうか。少し散歩――いや、デートにでも付き合ってくれるか？」

デートと言い直すエリックの顔は赤く、嬉しい気持ちが湧き上がってくる。

私は彼の手を取り、微笑んだ。

「もちろん。それに、今日は水曜日。……一緒に、スペシャル生クリームを食べに行くっていうのはどうかしら」

以前、一緒にしたことを思い出しながら言うと、エリックは嬉しげに同意した。

「ああ、それはいいな。並んでいる時間も君と話せるし、最高だ」

「うん。私もそれが楽しいと思うの」

話しながら、扉へ向かう。

店を出る直前、倉庫に行ってくれていたライネスが出てくるのが見えた。彼も私に気づいた様子でウインクしてくる。その口がパクパクと動いた。

——良かったな。

唇の動きを読み取り、大きく頷く。エリックが動かない私に気づき、振り返った。

「ベリー？　どうした。行かないのか？」

「あ、ごめん。行く、行く」

意識をエリックに戻し、今度こそ店を出る。

これが恋人としての第一歩だと思うと、なんだかこそばゆい気持ちになった。

「ふふ……」

どうしてだろう。来る前と何も変わっていないはずなのに、空が明るく感じられるし、全体的にキラキラしているように思える。

これが、恋人ができた効果だろうかと思いながら、なんとなくエスコートされている手を見つめた。その手を放す。

「……ベリー？」

「恋人同士なら、こうして繋いで歩くのがいいと思うの」

うん、と頷き、ギュッと彼の手を握る。

その握り方は互いの指と指を絡め合う、いわゆる恋人繋ぎというやつだ。

少し恥ずかしいけれど、せっかくデートをするのなら、それっぽいことをしたいと思った。

「〜〜！」

エリックが耳まで赤くなる。だけど多分、私も同じだろう。お互い、こういうことに慣れていないのだ。

「……これで行きましょう？　それとも、駄目？」

「駄目なものか。そ、その……私もそうしたい」

小さな声だったが、ちゃんと最後まで聞こえた。嬉しく思いながらも、繋いだ手に力を込める。

彼からも同じように強く握り返され、幸せな心地となった。

「じゃ、改めて」

「そ、そうだな。改めて……」

互いに顔を赤くさせながら告げ、歩き出す。

こうして私とエリックは、自他共に認める恋人同士となったのだった。

第六章　悪役令嬢は許さない

結婚の約束をしたといっても、相手は国王だ。すぐに婚約できるはずもない。

彼はすでに父に話を通していたようだが、そもそも国王の結婚には議会の承認が必要なのだ。

大臣たちには根回しを済ませていたらしいので、却下されることはない。しかし承認が下りるまでひと月ほど時間がかかる。

エリックは申し訳なさそうに謝ってくれたのだけれど、それくらいは想定内。

むしろ私にも婚約前にしなければならないことがあったから、ひと月という期間があるのは有り難い限りだった。

婚約を控えた私が、やらなければならないこと。

それは、リリスとの話し合いだ。

国王ガチ恋勢のリリス。

彼女とお茶会をした時に、私は彼女とどうこうなる気はないと言った。

だが、結果はこれだ。

私はエリックと両想いになり、結婚の約束も交わした。

リリスからしてみればとんだ裏切り行為だろう。

だからこそ彼女にだけは、きちんと事情を話さなければならないと覚悟していたし、それが誠意というものだと思っていた。

◇◇◇

「久しぶりね、ベリー。あなたの方から連絡してくれるとは思わなかったから嬉しいわ。転生者同士、気楽なお喋りを楽しみましょう」

話があると手紙を出してから数日後、私はリリスの屋敷を訪れていた。

彼女は笑顔で私を自室に招き入れてくれ、お茶とお菓子で歓待してくれる。笑顔の彼女はリラックスした様子で、転生者同士の気兼ねないお茶会を心底楽しんでいるようだ。

私のこともいつの間にか、ベリーと愛称で呼んでいるくらいだから、仲間認定されているらしいことは分かった。

「……」

ニコニコ笑うリリスを見つめる。

今から私は彼女にとてもひどいことを言わなければならないのだ。

彼女の最推しかつ、本気で恋をしている相手と恋仲になったことを伝えなければならない。

——言えるのかな。

柔らかな表情で話しかけてくれるリリスを見ていれば、申し訳なさが先に立つ。

偉そうにエリックとどうにかなる気はないと言っておいて、この始末なのだ。罵られても仕方ないと覚悟してきたのだけれど、可愛らしい笑みを浮かべる彼女を見ていれば、勇気も萎《しぼ》む。

リリスははしゃいだ様子で最近あった出来事を話してくれる。私のことを信頼しているのだろう。結果として彼女を裏切ったことをひどく申し訳ないと思った。

――謝っても仕方ない。それは分かってる。でも……。

それでも私は彼女に告げなければならない。でなければ、本当にただの卑怯者《ひきょうもの》で終わってしまうような気がするから。

自己満足であることは重々承知していたが、正式に婚約を結ぶ前に話をしておく必要がどうしてもあると思っていた。

「リリス」

再度覚悟を決め、声をかける。リリスは話をやめ、私を見た。

「どうしたの？」

「……私、今日はあなたに話があって」

「ああ、そういえば手紙にもそんなことが書いてあったわね。ん？　何かあった？」

「……実は」

笑顔の彼女に心の中で謝罪しながらも、エリックと恋仲になったことを告げる。

「ごめんなさい。偉そうなことを言っておいて、結局私、陛下のことを好きになってしまったの。

その、彼の方も同じ気持ちでいて下さって……議会の承認が下り次第、婚約の運びになると思う」

ノリスとのやりとりについては言わない。

それは機密事項に当たる。エリックが話してくれたからと言って、私が誰かに話していいことと
は限らないのだ。

「そういうわけだから、ちゃんとあなたに話しておかないとって思ったの。本当にごめんなさい。

私自身、こんなことになるとは思わなかったのだけれど」

言うべきことを全て告げ、頭を下げる。

しばらく経ってから顔を上げた。目の前のリリスはどんな表情をしているのだろう。

見たくなかったが、これは自分の引き起こした話だ。きちんと最後まで彼女に向き合わなければ
ならないと思った。

「リリス……って、あ……」

声を失う。

リリスの顔には表情と呼べるようなものは何も浮かんでいなかった。

無、という表現が一番ぴったりくるかもしれない。ピクリとも動かず、ただ、私を凝視していた。

「リリス……」

「御託はそれで終わり?」

思わず名前を呼ぶと、温度のない声が返ってきた。

「リリス?」

「陛下と恋人同士になった？　は？　何ふざけたことを言っているの。そんなの、私が許すとでも本当に思った？」

怒鳴るのではなく静かに告げられる。それが下手に大声で叫ばれるよりも辛かった。

彼女の怒りが染みるように伝わってくるからだ。

リリスが淡々と告げる。

「私、言ったわよね？　陛下のことが好きだって。彼をこれから落とそうと考えているって。あなたにも確認したはずよね？　陛下を攻略する気はないのかって。あなたは頷いたはず。違う？」

「ち、違わないわ。その通りよ」

自分の言った言葉は覚えているので肯定する。彼女は真顔で首を傾げた。

怖い。

「じゃあ、どうして？　どうして恋人になった、なんて報告が来るのかしら。私が彼のことを好きで、動こうとしているのを知っていて、攻略する気はないとまで言っておいて、その結末が恋人になって、そのうち婚約する？　凄まじいまでの屑女《くずおんな》ね。いっそ感服するわ」

「ご、ごめんなさい」

リリスの言っていることに間違いはないので、謝るしかできない。

それでもなんとか口を開いた。

「本当にそんな気はなかったの。でも、気づいたら好きになっていたし、その……エリックの気持ちに応えたいって思うようになって、それで」

「エリック？　あなた、彼のことを名前で呼んでいるの？」

「あ、そ、その……彼がそうして欲しいって言って……それで」

「私、いつ惚気《のろけ》話が聞きたいだなんて言った？」

「……はい」

ぴしゃりと窘められた。

静かな目は鋭く、まるで刃物を目の前に突きつけられた気持ちになる。

リリスの怒りは海よりも深く、美しい青い瞳はマグマのように煮えたぎっている。

「本当、信じられないわよね。まさか同じ転生者仲間にこんな手ひどい裏切り行為をされるなんて思いもよらなかったわ。協力……とまでは言わなくても、せめて邪魔はされないものと思っていたのに」

「……」

チクチクと責められるのが心に痛い。だが、今の私に何か言える権利はないのだ。

どういう想いや経過があろうと、私がエリックと恋人同士になってしまったことは事実で、彼女はそれこそを許せないのだから。

今の私に求められているのは、彼女の非難と弾劾を大人しく受け入れること。

それしかないのだ。

リリスが大きく溜息を吐く。怒りを燃やしていた瞳は、今は逆に冷えている。

彼女の怒りの深さが窺えるようで、私はキュッと唇を噛みしめ、俯《うつむ》いた。

「……出て行って」

「リリス」

顔を上げる。リリスは私をまるで虫けらでも見るような目で見ていた。

「出て行ってって言ったの。私、とてもだけれど冷静な気持ちであなたに向き合えるような気がしない。もちろん許そうなんてもっと思えないわ。……視界にあなたが映るだけで不愉快極まりないの。今すぐ、私の前から消えてくれるかしら」

厳しい言葉だ。だけど、彼女の糾弾を私は受ける必要があるだろう。

最初に彼女を裏切ったのは私なのだから。

「……分かった」

用意された席から立ち上がり、部屋の外に出る。扉を閉める直前、リリスを見たが、彼女はこちらをチラリとも見なかった。

完全に嫌われてしまったのだ。それが分かり、黙って扉を閉め、屋敷を出た。

乗ってきた侯爵家の馬車を見つけ、休んでいた御者に声をかけると、ひどく驚いた顔をされてしまった。

まさかこんなに早く出てくるとは思わなかったのだろう。

リリスに急用ができたようだと適当なことを言い、馬車に乗り込む。

ひとりになると、妙に色々と思い出してしまった。

「上手く、いかないな……」

馬車の天井を見上げる。

恋愛は、早い者勝ちではない。本当は、リリスに気遣う必要もないのだ。

エリックは私を選び、私もまた彼を選んだ。そこにリリスは関係ない。

彼女がエリックを好きだからといって遠慮する必要はないし、彼女に罵られる謂《いわ》れもない。

だけど、人間とはそんな簡単な生き物ではないから。

その気はないと言っておいて、その人のことを好きな友人（かどうかは不明だけど）の知らないところで恋人になるのは、やはり裏切りなのではないかと私だって思ってしまう。

せめて「私も好きだから、恨みっこなしね！」と最初に言えていれば、リリスの反応も違っただろうし、私もこんなひどい罪悪感を覚えずに済んだのに。

――いえ、これは言い訳に過ぎないわね。

私がやらかしてしまったことに変わりはない。

リリスには申し訳ないと心から思うし、恨みたいというのなら好きに恨んでくれればいいと思う。

それだけのことを私はしてしまったのだから。

でも。

――ごめんね、リリス。エリックのことだけは譲れないの。

たとえ殴り合いになったとしても、彼のことは譲れない。

それが私の出したひどく傲慢な結論で、だからこそリリスとの関係が決裂するのも仕方ないのだ。

◇◇◇

「今日も駄目かぁ……」

突き返された手紙を前に項垂れる。

リリスにエリックとの関係を告げてから二週間が経った。

あれから私は毎日彼女にあてて、手紙を書いた。

自己満足に過ぎないと分かっているが、何かせずにはいられなかったのだ。

だが、リリスは手紙を受け取ることすら拒絶していて、今日も手紙は封を切られることすらなく、私の元へと返ってきたというわけだった。

「許してもらいたいと思うのは傲慢よね」

リリスの気持ちを思えば、そんなこと言えるはずもない。

エリックが選んだのは私、で話は済まないのだ。それで終わるのなら皆、苦労していないと思う。

恋愛は感情の話だから、たとえ自分に気持ちが向いていなかったとしても「私が先に好きになったのに。取られた」なんて気持ちも湧いてしまう。

前の生で、恋愛関係で友人が知り合いと揉《も》めているのを見たことがあったが、ひどい泥沼だった。

他人事《ひとごと》のように、ああはなりたくないものだ、なんて思っていたけれど、今の私の方が状況としてはひどいのではないだろうか。

自分がこういう話の当事者になる日が来るとは思わなかったから新鮮である。

——なんて言ってる場合ではないんだけどね。

気持ちは沈むが、いつまでも憂えている暇はない。

これはこれ、それはそれとしておかなければ、病んでしまうと分かっていた。

リリスのことは今日はここまで、と自分で線を引き、気持ちを切り替える。

ひどいと思われるかもしれないが、リリスのことだけを考えてはいられないのだ。

婚約こそ議会の承認待ちだが、すでに私が国王の恋人であることは城の皆には知られていて、扱いもそれに準じたものとなっている。

そして、恋人として扱われるということは、エリックのパートナーとして見られるのと同義で、なんと二週間後にある夜会に早速彼のパートナーとして出席することが決まっていた。

——今はそちらに集中しないと。

頬を叩き、気を引き締める。

数日前、エリックから渡された書類に目を向けた。

実は、二週間後に開かれる夜会は、単なる夜会ではないのだ。

同盟の記念に、隣国ノリスから王太子がやってくるということで、その歓迎会を兼ねている。

王太子の名前は、アルマ。

金髪碧眼の、見た目は優男系で、なんと『アマワナ』の最後の攻略キャラであったりする。

——まさか、こんな風に彼と出会うなんて思いもしなかったけど……。

国王の恋人として会うなんて、ゲームとは全く違う出会い方だなと苦笑しながら、書類を読む。

そこには、夜会の招待客の情報について書かれていて、当然、主役であるアルマ王子についても詳細が記されていた。

これを夜会当日までに全部覚えるのが私に課せられた使命なのだ。

書類を渡す時、エリックはひどく申し訳なさそうにしていたが、彼と恋人になるのがどういうことかは分かっている。

むしろ、これくらいできなくてどうすると思っているので、絶対に全て覚えてみせる所存だ。

「国王と結婚するんだものね……」

王妃となるのだから、求められる知識や振る舞いはそれ相応のものになると考えて間違いないだろう。

この立場を望んだのは自分だという自覚はあるので、岩に齧りついてでもやり遂げてみせると覚悟していた。エリックに恥を掻かせるようなことは絶対にしない。

とはいえ、量が多いので少しずつ分けてやるしかないのだけれど。

「……今日は徹夜かな」

とりあえず、今日の分を覚えるまでは寝ないようにしよう。

執事に頼んで、眠気覚ましに淹れてもらった珈琲《コーヒー》を片手に、気合いを入れる。

夜会まで二週間。普通なら長いと思うところだけれど、私には一瞬でやってくるような気がしていた。

◇◇◇

二週間後、予定通り、アルマ王子歓迎の夜会は開かれた。

当日、朝から王城入りしていた私は、夜会用のドレスに身を包み、エリックの隣に立った。

「ベリー、大丈夫か？」

気遣わしげに、エリックが私に声をかけてくる。私は果敢にも頷いた。

「大丈夫。ちょっと覚えたことが、耳から抜けていきそうな気がするけど」

「大丈夫ではないではないか……」

「だってすごく多かったんだもの。……ねえ、もしかして毎回夜会って、あの量を覚えないといけないわけ？」

五センチはあった分厚い資料をうんざりしながら思い出す。エリックはそんな私を見て苦笑した。

「さすがに今回は特別だ。いつもの夜会ならその半分くらいの量だな」

「良かった。毎回あの量はキツいなと思っていたの」

小声でヒソヒソと話し合う。

今日のドレスは、侯爵家で用意したものではなく、城で準備されたものだ。色は青で、ポイントに金色を使っている。ふんわりとしたラインのドレスは意匠が凝らされていて美しいが、色合いは間違いなくエリックを意識しているのだろう。

青と金なんて、彼の目と髪の色そのものではないか。

エリックは黒い夜会服を着ていたが、よく見るとポケットチーフが私のドレスの色と同じだった。おそらくドレスの共布で作ったのだろう。お揃いという感じが出て、ちょっと恥ずかしいが、同時に嬉しくもあった。

エリックの元にはひっきりなしに人が訪れる。皆、隣にいる私に対し、興味津々の様子だった。そんな皆に彼は「私の婚約者だ」と紹介している。

実は、今日の午前中、待ちに待った議会の承認が下りたのだ。

近々、正式に婚約発表することも決まり、エリックは喜んでいたし、私も嬉しかった。

「ようやく議会の承認が下りたのでな。いや、長かった。もうすぐ正式発表があると思うが、そういうことだと思っていて欲しい」

エリックはそう告げ、話を聞いた皆も「それはおめでとうございます」と笑顔で祝辞を述べていた。

「あ……」

エリックが皆と話しているのをニコニコしながら聞いていると、少し離れた場所にリリスがいるのが見えた。

公爵家の娘ということで、今日の夜会にも彼女は出席しているのだ。パッと見たところひとりで、エスコート相手はいないようだ。

「……」

じっと彼女を見つめる。

彼女に拒絶されてからひと月ほど。手紙すら拒否されている現状ではあるが、リリスと直接話せるのなら話したい。

――これも私の自己満足に過ぎないんだけどね。

彼女はきっと、エリックの隣に立つ私の顔など見たくないだろう。

私が彼女に声をかけるのは、よりリリスを傷つけるだけだ。だからこれ以上、こちらの都合で彼女を振り回すのはやめた方がいい。そう思ったところで、リリスが私の視線に気がついた。

「あ」

何故か彼女はにこりと笑って、私に向かって小さく手を振ってきた。

今日まで手紙を拒否してきた彼女の取る態度には思えないが、笑顔を向けられたことに心底ホッとする。

「……リリス……？」

リリスがまるで、こちらに来て欲しいというようなジェスチャーをした。

私に何か話でもあるのだろうか。

こちらから声をかけるのは良くないかもと思っていたが、彼女が呼んでいるのなら吝かではないと思った私は、エリックに声をかけた。

「……エリック」

「ん？　どうした？」

「少し外してもいい？　話したい人がいるの」

「話したい人？　ああ、構わないぞ」

「ありがとう。――皆様、少し失礼しますね」

挨拶をし、その場を離れる。リリスを探すと、彼女は人の少ない会場の隅に移動していた。こちらに来いと先ほどと同じような手振りをしてくる。

「……リリス」

リリスの前に立つ。彼女はひと月前が嘘のように綺麗な笑みを浮かべていた。

好意的な態度で私の両手を握る。

「来てくれてありがとう。私が拒絶したのが原因だから、気づいても来てくれないかと思っていたわ」

「えっ、そんなこと！」

あるはずがない。ぶんぶんと首を横に振ると、リリスは安堵したように微笑んだ。

「良かったわ。その、あなたに謝らなければならないと思って。あなたは筋を通そうとしてくれたのに、今日まで手紙を突き返してごめんなさい。……ずっと、冷静になれなかったの」

潤んだ目を向けられる。

「言わないという選択だってできたのに、あなたはちゃんと話してくれた。……本当は分かっていたの。とっくに陛下があなたを選んでいたこと。それなのに選ばれなかった私があなたを糾弾するのはおかしいわよね。子供だったわ。本当にごめんなさい」

「リリス……私こそ、あなたを傷つけてしまって」

「いいの。傷ついていないと言うと嘘になるけど、少しは落ち着いたから。この世にはどうにもならないことがあるって、そういうことなのよね」

「……」

寂しげに告げるリリスに、なんと言えばいいのか分からない。

狼狽える私だったが、リリスは表情を明るくさせた。

「もういいから。その、ね。それより今後も私と仲良くしてくれるかしら。私、こんなだから、親しい友人が殆どいなくて」

「も、もちろん。そんなのこっちからお願いしたいくらいよ」

「良かった。じゃ、仲直りの乾杯をしましょう。——そこのあなた。ワインをちょうだい」

ちょうど通りかかった侍従をリリスが呼び止める。彼女はワイングラスをふたつ手に取ると、一方を私に渡してきた。

「はい」

「ありがとう」

ワイングラスを受け取る。中身は赤ワインのようだ。

私はまだ十九才だが、この世界ではすでに社交界デビューを終え、成人を迎えている。貴族の心得として、ある程度お酒は飲めるので、気にせず乾杯に付き合った。

「じゃ、仲直りを祝して」

「ええ。乾杯」

ワイングラスを軽く当て、ワインを飲む。ワインは上質なもので、繊細な味わいだ。

「美味しい」

「ええ、本当に」

リリスと笑い合う。

彼女と仲直りできて本当に良かったと思った。

ワインを飲みながら、彼女と近況について語らう。リリスはどうやら、言い寄られているふたりのどちらか一方を選ぶつもりがないようだった。

義理の弟についても話題を振ってみたが、やはり弟はあり得ないという話で、彼女は寂しそうに言った。

「心の整理がついてから、今後どうするかを決めたいと思って」

「……そうね。急ぐ必要はないと思うわ」

失恋直後に誰かひとりを選べなどとひどいこと、言えるはずがない。

彼女を想う男たちは大勢いるのだ。その中の誰かの手を取るという可能性もいつかあるかもしれない。でも、それはまだ先でいい。

リリスの心の傷が癒えたら。そして彼女が幸せになろうと決めたのなら、その時は精一杯応援したいし、祝福してあげたいと思った。

「……ん？」

「どうしたの？」

リリスが心配そうに聞いてくる。そんな彼女に私は言った。

「ごめんなさい。ちょっとワインの度数が高かったみたい。……少し酔ったのかしら」

普段ならワインの一杯程度で酔ったりしないのだけれど、度数が高かったのか、それとも慣れない場で緊張したのかで、酔いが回ってきた感じがする。

リリスは「まあ」と目を見張ると、解放されている庭の方に目をやった。

「それなら少し、夜風に当たってきてはどうかしら。確か奥には噴水があったはず。あの辺りなら人も少ないから人目を気にせず休めると思うわ」

「……そうね、そうしようかしら」

人目を気にしなくていいというところに気を引かれ、頷いた。

今日は、エリックの婚約者として紹介されているようなものなのだ。みっともない姿を晒すのは本意ではないし、酔いが覚めるまでひとり夜風に当たるのも悪くはない。

チラリとエリックを見ると、相変わらず彼は大勢の人に囲まれ、話していた。

真剣な顔をしている。邪魔をするのは良くないだろう。

「……そこのあなた。エリックに、庭に少し出ていると伝えてくれるかしら」

近くを歩いていた兵士のひとりに声をかける。

兵士は驚いた様子だったが、すぐに頷いてくれた。

「承知しました」

「少し酔ってしまっただけだから、気にしなくていいと言っておいて。噴水のところにいるけど、すぐに戻るつもりよ」

心配させたくないので、具体的に場所も告げておく。

ずっと側にいてくれたリリスに言った。

「じゃあ、少し行ってくるわ。あなたはどうする？」

「私はもうすぐパートナーが帰ってくると思うから」

そう言う彼女の目線を追うと、騎士団長の姿が見えた。

彼はエリックの側についている。なるほど、リリスがひとりのはずだ。

「今日はプラート騎士団長がエスコート役だったのね。分かったわ。じゃ、私は行くから。……ありがとう、リリス。今日は話せて嬉しかった」

「私もよ」

リリスが笑顔で手を振る。私も手を振り返し、夜会会場から外へ出た。

数人、私と同じように庭に出ている人がいた。

夜会の参加者に開放されている庭は広くて薄暗かったが、等間隔に明かりが灯されているので怖いとは思わない。

夜に咲く花を眺めながら、リリスに教わった噴水を目指す。

一瞬、噴水があるなんてよく知っていたなと思ったが、彼女は登城の回数も多いので、詳しくて当然だなと思い直した。

夜空には綺麗な星が瞬いている。

星には詳しくないので分からないが、間違いなく日本で見ていたものとは違うのだろう。キラキラと輝く様は、私には同じように思えるけど。

「あ、ここだ」

しばらく歩くと、リリスの言っていた噴水らしき場所に辿り着いた。いつの間にか人は全くいなくなっている。

静謐《せいひつ》な雰囲気に、ホッと息が漏れる。少し風があるので涼しいし、確かに休憩するにはうってつけのスペースだと思った。

「さすがリリスね。良い場所を紹介してもらっちゃった」

誰もいないせいか肩から力が抜ける。噴水の側にはベンチがあって、座って休憩できそうなのもまたよかった。

「——天使？」

「えっ……」

誰もいないはずなのに、男性の声がした。

聞こえたのは背後から。

一体、誰が来たのだろうと振り返る。そこには今夜の主賓であるノリスの王太子、アルマ王子が立っていた。

——アルマ王子？　どうしてこんなところに？

銀色の夜会服に身を包んだアルマ王子は、ゲームで見たヴィジュアルと同じで、優しい雰囲気を持つ色男だった。

エリックと同じ金髪碧眼だが、アルマ王子の方が色素が薄い。身体も細くて、綺麗な顔をしているが、かなりの女顔だ。

彼とは、当然先ほど顔を合わせた。挨拶だって交わしたはずだ。

それなのに何故かアルマ王子はうっとりとした顔で私を見つめている。

「……アルマ殿下？」

「美しい。君みたいに美しい人を初めて見たよ。ああ、いいな。君を私の国へ連れて帰りたい」

陶然と呟く王子。正気とは思えない表情だ。何故か、本能が危機を訴えかけてくる。

逃げなければならない、今すぐに。

そんな風に感じてしまう己に驚きつつも、彼が主賓ということは分かっているので、慎重に声をかけた。

国王の婚約者として紹介されているのに、主賓を無視するなんてできるはずがない。

エリックに迷惑をかける。それだけは駄目だ。

「あの、アルマ殿下。私、ローズベリー・テリントンです。先ほどご挨拶させていただいたと思いますが」

どうにも正気とは思えない彼に、現実に立ち返って欲しくて名前を告げる。彼はキョトンとした顔で首を傾げた。

「ああ、そういえば、さっき挨拶をしたね。確か、エリック陛下との婚約がそろそろ発表されるとか」

「そ、そうです」

良かった。私のことをちゃんと認識してくれている。

ホッと息を吐く。だが、続けられた言葉に固まった。

「さっきの月の光に照らされた君の後ろ姿。まるで儚く消えゆこうとする天使のようだったよ。今にも消えてなくなってしまいそうで、そんな君を見ていると、絶対に手に入れたいという気持ちが湧いてきてしまった」

「……」

「これが一目惚れってやつなのかな」

ふふふ、と口元に手を当てて笑うアルマ王子を凝視する。

今の彼の台詞を聞いて、嫌なことに気がついてしまったからだ。

――これ、アルマルートの入りじゃなかった？

絶対そうだ。間違いない。

攻略キャラ、アルマ・ノリス。

他の攻略キャラたちより遅くに登場する彼は、ゲームでは『隣国の王子』という立場あるポジションだ。

隣国ノリスの王太子である彼は、国王エリックが彼の姉と結婚したあと、彼女の様子を見に、クランブルへとやってくる。

そこで、偶然ヒロインと出会う——というのが本来のゲームの流れなのだけれど。

今回の彼は、同盟を祝してという理由で、うちの国に来ている。

姉の結婚がなくなったからだろう。それはそれで構わないのだけれど、今告げられた彼の言葉の方が問題だった。

「さっきの月の光に照らされた君の後ろ姿。まるで儚く消えゆこうとする天使のようだったよ。今にも消えてなくなってしまいそうで、そんな君を見ていると、絶対に手に入れたいという気持ちが湧いてきてしまった」

これはゲームで、歓迎の夜会に出席していたヒロインを見初めた時のアルマ王子の台詞だ。

アルマ王子は、夜会に疲れて噴水の側で休んでいたヒロインを偶然、見かける。そして、月の光に照らされた彼女の後ろ姿を見て、恋に落ちるのだ。

消えゆく天使を自分の側に留めおきたい。それが彼の言い分で、言葉通り恋に落ちた彼はヒロインを自身の国へ誘拐してしまう。

これで大体分かっただろうが、アルマ王子はゲームのいわゆる『ヤンデレ担当』なのだ。

病むほどにヒロインを愛してしまう男。

自分の想いを叶えるためなら、多少強引なことをしても許されると思っている。

「愛してしまったんだ。仕方ないでしょう?」

これが彼の有名な台詞で、彼のヤンデレルートはそれなりに人気だったことを覚えている……のだけれど。

——どうしてそれが今、発生しているわけ⁉

ゲームは始まらなかった。私も攻略キャラたちと恋愛関係に陥らなかった。

そして私が選んだのは、攻略キャラですらないエリックだ。

それなのにここに来て、アルマルートが発生？

私はすでにエリックを選んでいるというのに、全く意味が分からない。

「あ、あの、私」

「ふふ、可愛いね。エリック陛下と一緒にいた時は気にならなかったのに、恋に落ちた今は、どんな女性より素敵に見えるよ。うん、このまま君を連れ去ってしまおうか。可愛い君を独り占めしたいんだ。構わないよね」

クスクスと笑うアルマ王子の目が完全に病んでいる。エリックより薄い色の瞳にはどこか仄暗《ほのぐら》い炎が揺らめいていた。

「わ、私はエリック陛下と結婚する予定が……」

「知ってるよ。でも、それが何？　むしろ、彼に取られないように連れ帰るというのは、正しい選択なんじゃないかな」

「取られるって……」

むしろ取ろうとしているのはアルマ王子ではないのか。

目を見開く私をアルマ王子が愛おしげに見つめてくる。

「私の君と結婚されては困るってことだよ。婚約発表なんてされてしまっては、覆すのも大変だし、発表される前に連れ帰って――そうだ、先に私と結婚するって言っちゃえば問題解決かな」

「……」

問題解決かな、ではない。

他国の王の婚約者を誘拐すると平然と告げるアルマ王子を凝視する。

このままでは間違いなくノリス王国へ連れ帰られてしまうだろう。

何せゲームでは誘拐されて、彼の国で目が覚めるところからアルマルートは始まるのだから。

私は深呼吸をし、できるだけ冷静に言った。

「アルマ殿下。正気に戻って下さい。あなたは今、冷静ではありません。他国の……同盟を結んだ直後の国の王の婚約者を奪おうなど正気の沙汰とは思えません」

「冷静ではないのはその通りだよ。何せ、一生に一度の恋に出会った直後なのだから」

「そういうことではなく。……いいんですか。このままではせっかく結んだ同盟も無茶苦茶になりますよ」

「ならないよ。だってクランブルもノリスも同盟を破棄したくないからね。しかも互いに国宝まで差し出しているんだ。婚約者ひとり連れ帰ったくらいで駄目になるくらいなら、そもそも同盟を結ぶまで至っていない」

微笑みながら告げるアルマ王子が怖い。彼はどうやら本気のようで、瞳が油断なく光っていた。

どうやって私を連れ帰ろうか算段をつけているのだろう。

ゲームではどんな方法を使ったのか、思い出せればいいのだけれど、確か、意識を失わされて、次に目を開けたらもうノリス王国にいた……みたいな感じだったのだ。

ゲームでよくある「暗転」がこれほど憎いと思ったことはない。その暗転時に何があったのか、詳細を今すぐ私に話して欲しい。

「うう……」

じりっと一歩後ろに下がる。逆にアルマ王子はこちらに近づいてきた。

「こ、来ないで下さい」

「どうして？　君を連れ帰らなきゃいけないんだから、近づくに決まってるでしょ」

「私は、クランブルの人間です。ノリス王国に行くつもりはありません」

だから近づくなと告げるも、アルマ王子は全く分かってくれなかった。

「君の意思は聞いていないよ。大丈夫。ノリスは良い国だから、過ごしていくうちに好きになるはず。それに私も君のことを大事に大事にしてあげるからね。絶対に君は幸せになれるから、気にせず全部私に任せていればいいんだよ」

「……いいわけないでしょ」

ますます近づいてくるアルマ王子から距離を取る。もうこうなったら走って逃げるしかない。

何せ、誘拐されるかどうかの瀬戸際なのだ。

夜会の主賓だからと気遣っていては、逃げられるものも逃げられなくなってしまう。

だが、私の判断はほんの少しだけ遅かったようだ。

私が逃げ出すより先に、アルマ王子がグッと距離を縮めてきた。腕を摑まれる。

「逃がさないよ。――君は私の国へ来るんだ」

――それ、ゲームの台詞と一緒！

この直後、暗転し『アルマルート』と出て、目覚めた時にはノリス王国……という展開が始まるのだ。

一体どうやって私の意識を失わせる気かは分からないが、強制的にアルマルートへ行かされるのは絶対にごめんだった。

――ゲームも始まってないのに、ルート開放だけされるとかやめてよね！

その思いのまま、思い切り足を振り上げる。一瞬も、躊躇わなかった。

「っ‼」

振り上げた足は、上手く彼の股間を直撃した。

予想外かつ極度の痛みに耐えきれなかったのか、彼が摑んでいた腕を放す。

――今だ。

逃げるチャンスは今しかない。

「ご、ごめんなさい！」

一応、謝りながらもその場に蹲る彼を残し、背を向ける。

金的攻撃が反則だとは分かっていたが、そもそも悪いのはアルマ王子なので許して欲しかった。

「ベリー‼」

「きゃっ！」

走り出そうとしたタイミングで誰かにぶつかった。

いや、誰かではない。全力でぶつかった私を抱き留めたのは、ここにはいないはずのエリックだった。

「エリック……！」

「無事か、ベリー！」

確かめるように顔を覗かれる。エリックの顔には汗が滲んでおり、彼が急いでここに駆けつけてくれたのが分かった。

「ど、どうして……」

確かに伝言は残したが、まさか来てくれるとは思わなかったので驚きだ。エリックは口を開こうとしたが、それより先に金的攻撃から立ち直ったアルマが立ち上がり、私たちの前に立った。

「その人は、私の妃になる人です。私の天使を返してもらえますか？」

エリックを前にして、堂々と言ってのける精神力には驚きだが、目は相変わらず正気ではなく、どこかよどみがあり、恐ろしい。

エリックは私を己の後ろへ隠した。そうして告げる。

「返すも何も、ベリーは私の恋人で結婚予定があるのだがな。それはそちらも知っていることと思ったが？　それとも話を聞いていなかったのか？」

「聞いていましたとも。ですが事情が変わりました。彼女に惚れてしまったのです。そうなればもう仕方ない。好きになったら連れ帰るしかないでしょう？」

笑みを浮かべながら告げるアルマ王子の放つ雰囲気が怖い。

思わず、エリックの服の裾を摑んでしまった。そんな私を見て、アルマ王子が不快げに言う。

「そんな男を頼るのはやめてくれる？　あなたの運命の男は私だよ」

「……全く。正気の沙汰とは思えんな。人の恋人に対し、そこまで所有権を主張できるのも気持ち悪い」

吐き捨てるようにエリックが言ったが、アルマ王子には全く響いていないようだった。

むしろどこか嬉しそうに言う。

「お褒めいただきありがとうございます。『好きになったら、全力で相手を囲え』と言われて育ってきましたので。私が好きになった＝私のものと相場は決まっているのですよ」

「……全力で囲えという方針には全面的に賛成するが、他の男のものになった女を更に奪おうとする根性は気に入らないな」

「なんとでも。惚れてしまったんだ。もう、私は止まらない」

抜き身の刃《やいば》のような表情でアルマ王子がエリックを見る。そんな彼にエリックは、できるだけ刺激しないよう冷静な口調で聞いた。

「……そもそも、どうして君がここにいる。夜会会場にいたのではなかったのか」

「ああ。リリスという女性に教えてもらったのですよ。ここに来れば、運命の女性に出会えると。信じてなんていなかったのですけどね。会場にただいるのも面白くないし、試してみるのも悪くないかもと思い、出てきました」

「えっ……リリスが？」

出てきた名前を聞き、驚きに目を見張る。

思わず、アルマ王子に尋ねてしまう。

「ほ、本当に？　本当にリリスが、ここに行くようにって？」

「そうだよ。彼女は実に親切な女性だね。ここに行く道も丁寧に教えてくれた」

「……嘘」

アルマ王子の言葉を聞き、愕然とする。

彼女が、リリスが何をしたのか、否応なしに理解してしまったからだ。

彼女は私に酒精の強いワインを勧め、休憩にこの場所がいいと教えてくれた。そしてそのあと、アルマ王子に話しかけ、運命の女性に出会えると彼を唆《そそのか》した。

それらの行動が何を意味するのか――。

――リリス、私をアルマルートに行かせるつもりだったんだ。

それ以外考えられない。

彼女は人為的に、ヒロインと攻略キャラの出会いイベントを作り上げたのだ。

ゲームが始まっていなくても条件が整えば、イベントは発生すると踏んだのだろう。

実際、彼女の思惑通りにアルマ王子は私の後ろ姿に一目惚れし、危うくアルマルートに入りかけた。

何故そんなことをしたのか、理由なんてすぐに分かる。

リリスは、私がエリックと結ばれたことを許してなんていなかったのだ。

彼女は私が邪魔だった。どこか遠くへやりたいと思っていた。だからアルマルートを利用したのだろう。

何せアルマルートは、基本、ノリス王国で話が進む。

エリックと私に物理的距離を置かせたいと願っている彼女にもっとも都合が良いルートなのだ。

——リリス。

仲直りできたと思い、嬉しかったのに。

そう思っていたのは私だけで、彼女は燃えるような怒りを抱えていたのだ。復讐《ふくしゅう》の時を狙い、そのためだけに、私に良い顔をしてみせたのだろう。

内心の怒りを押し隠し、私をアルマルートへ行かせるために。

「……」

望まぬ相手のルートへ行かされるなど、考えただけでもゾッとする。とてもではないが、承服できない。

リリスがそれだけエリックに対して本気だったということかもしれないが、こちらの意思を無視したやり方は許せなかったし、絶対にしてはいけないことだと思う。

——リリスの思い通りになんてなりたくない。

沸々と気持ちが湧き上がる。同時に、この状況を打破する方法があることに気がついた。

上手くいくかは分からないが、何もしないよりは余程いい。

——そうよね。やるだけやってみよう。

覚悟を決めて、声を出す。

「……私」

睨み合っていたエリックとアルマ王子が、ハッとした様子で私を見た。

私は庇《かば》ってくれていたエリックの背から出て、アルマ王子の前に立った。アルマ王子が嬉しげに私に向かって手を伸ばす。うっとりと告げた。

「ああ、やはり君は私を選んでくれるのだね」

「残念ですが、私はあなたを選びません。私が好きなのはエリックだから」

「っ……！」

ひゅっとアルマ王子が息を吸い込んだ音が聞こえた。

私は真っ直ぐに彼を見た。ゲームを思い出すように、彼に告げる。

「私はあなたが好きではないわ。無理やり攫《さら》おうとする人に良い感情を抱けない。あなたを好きになることは一生ないと断言できるから、どうか私のことは諦めて」

実は『アマワナ』のゲームは、誰かのルートに入ったあと、そのルートから抜け出すことができるようになっている。

はっきりと相手に対し、拒絶を示すこと。それがルートから出る条件だ。

多分、私はすでにアルマ王子のルートに入っている。

まだノリスに連れて行かれてはいないけれど、彼の台詞を聞いていても、そんな気がするのだ。

それなら、この方法が使えるかもしれない。

ルート入りしている状況で、拒絶を示す。

どこまでゲームと同じなのかは分からないが、試してみる価値はあるのではないだろうか。

「私はあなたの国には行きません」

再度、はっきりと告げる。

アルマ王子は見て分かるほど顔色を青くしていた。ショックを受けたようによろめく。

「私も、己の妻となる女を奪わせたりはしないぞ」

隣に立ち、肩を引き寄せてきたのはエリックだった。彼を見る。エリックは頷き、アルマ王子を睨みつけた。

「――せっかく結んだ同盟を、君自身が台無しにしようとしていることを理解しているか。君の愚かな行動で、国が戦渦に巻き込まれるかもしれない。それでも構わないと本気で言うつもりか」

「……私は」

アルマ王子が俯き、唇を噛みしめる。

エリックは続けて言った。

「それでも構わないというのなら、こちらとそちらで戦争でもするか。ははっ、どちらに正義があるのかは一目瞭然だ。私は絶対に退かんぞ」

「エリック!」

戦争なんて、と顔色を変えると、エリックは黙っていろと目線だけで私を制した。

「……」

「漁夫の利を狙って、他国も交じってくるやもしれんがな。だが、妻にすると決めた女性を狙われて黙っているほど、私は気弱な男ではないつもりだ」

「……そう、ですか」

無言でエリックを睨みつけていたアルマ王子だったが、やがて深々と息を吐き出した。

「……せっかく同盟を結んだ二国で戦争なんて、笑えませんね。私としてはそれもいいかなと思わなくもありませんが、それは彼女が私を見てくれるのならという前提条件がつきます。彼女の気持ちがこちらにないのを分かっていて、さすがに民を巻き込む戦争はできない。……分かりました。残念ですが引きますよ。彼女も、それを望んでいるようですしね」

チラリとアルマ王子が私を見る。

私は慌てて口を開いた。

「そ、そうよ。私はあなたではなくエリックを選んだんだから」

「何度も言わなくても分かっているよ。――君を連れて帰れたらと思ったのだけど、無理そうだね。天使は我が元に留まらず、か。仕方ない」

自嘲するように笑い、アルマ王子が私たちから背を向ける。

そうしてあとは何も言わず、夜会会場の方へ戻っていった。

彼の姿が消える。それを確認し、全身から力が抜けた。

「はあああああ……」

「ベリー⁉」

その場に座り込みそうになった私をエリックが支える。彼にしがみつきながら私は「良かった。ルート回避成功」と思っていた。

あの最後の『天使は我が元に留まらず』は、彼のルートから抜け出た証拠みたいな台詞なのだ。あの台詞が出たのなら、多分もうアルマ王子は何もしてこないはず。

――だと、いいけど！

ここはゲームではなく現実なので、はっきりとは言えないのが辛いところだ。

それでも危機を脱したのは確かで、私は素晴らしいタイミングで助けに入ってくれたエリックを感謝の思いを込めて見た。

「来てくれてありがとう」

「恋人が余所の男に絡まれていて、放っておけるはずがない。当たり前のことだ」

「でも、嬉しかったから。……だけど、もう二度と戦争なんて言わないで。私が原因で戦争なんて絶対にして欲しくないから」

それだけは言っておかなければと思い、告げるも、エリックは笑って言った。

「大丈夫だ。先ほどは少しおかしかったが、基本的にあの王子は賢い男だ。己に義がないと分かっている戦争をすることはない」

「で、でも……」

「本気で戦争する気はもちろんなかった。だが、私の決意がどれくらいのものなのかをあの男に知らしめておく必要はあると思ったのだ。実際、彼は引いただろう？」

「それは……」

確かにアルマ王子はエリックの本気を悟り、諦めたようにも見えた。

駆け引きというやつなのだろうか。その辺りは私にはよく分からないが、エリックが来てくれたお陰で攫われなかったのは確かなので、今一度お礼を言っておく。

「本当にありがとう。でも、どうして私がピンチだって分かったの？」

「君が庭に行ったと伝言を受けてすぐにな、見えたのだ。アルマ王子がリリス・ランダリア公爵令嬢に何か耳打ちされて、上機嫌で庭に向かう姿がな。あの時のリリス・ランダリア公爵令嬢の様子はどこか尋常ではないように思えた。それに、彼が向かったのは君が行ったという庭。私には不思議と無関係のようには思えなかったのだ」

悪い予感に襲われ、堪らず追いかけてきてくれたのだとエリックは言う。

結果的に彼の勘は大当たりだったわけだ。

とはいえリリスの思惑は、さすがのエリックも予想できなかっただろう。

出会いイベントを人為的に仕組むなんて、転生記憶があるからこそできることで、普通ならアルマ王子が私に一目惚れすることも、そのまま攫ってしまうことも想像なんてつかないだろうから。

つまり、リリスを罪に問うことはできないのだ。

彼女はただ、私とアルマ王子に「庭に行くといい」と勧めただけなのだから。

そのあとに起こった話は、彼女は全く関与していないのだから、ある意味完全犯罪と言っていいだろう。

ノリスに連れ去られた私が、そこでアルマ王子のルートから逃げたとしても、すぐにこの国に戻ってこられるわけではないし『他国の王子に誘拐された』という烙印《らくいん》が押されてしまう。

そんな女を王妃に迎えると言ったところで、議会も大臣たちも許さないのは間違いないことで、たとえ戻ってきたとしても、エリックと結ばれることはなくなってしまうのだ。

誘拐されてアルマルートへ行っても、その後ルートから逃げ出して国に帰ってきても、私がエリックと結婚することはない。リリスにとってはどこまでいっても都合の良い話。

だけどそれを思いつき、実行した彼女を思うと、その恐ろしさにゾッとする。

どれだけ私は憎まれているのか、彼女の怒りの深さに震えてしまう。

とはいえ、私にリリスを恨む気持ちはない。

それだけエリックのことを好きだったのだろうし、後先の話ではないが、後からやってきた女に好きな男を取られたようなものなのだから、憎んでしまう気持ちも分からなくはないからだ。

それに、結果的に私は無事だったし。

攫われることもなく、アルマルートから逃れられた。特に傷を負ったりもしていない。十分ではないか。

深々と息を吐く。

心配そうに私を見つめているエリックに言った。

「大丈夫よ。でも、少し疲れてしまったみたい。悪いけど、屋敷に帰ってもいいかしら。とてもじゃないけど、夜会に戻れる気分ではなくて」

「当たり前だ。すぐにでも帰るといい。……だが、すまん。私は送ってやれないのだ。国王として、最後まで夜会に残っている必要がある」

「分かってる。大丈夫よ」

申し訳なさそうに謝るエリックに、首を横に振って答える。

夜会の主催者である国王が長く場を離れるのは良くないだろう。それに私は帰るだけなのだ。わざわざ見送ってくれなくても問題ない。

だが、エリックは私ひとりで帰すことがどうしても嫌なようで、結局、兵士を数名呼び出し、私につけてくれた。

「これで君に何かあったら、私は自分が許せなくなるからな。過保護だと思ってもらっても構わん。馬車まで彼らに送ってもらってくれ」

「分かったわ」

心配して言ってくれているのは理解できたので、有り難く申し出を受ける。

とにかく、ひどく疲れていて、一刻も早く屋敷に帰りたかった。

「じゃあ、また」

「ああ、明日にでも連絡を入れる」

エリックをその場に残し、兵士たちに護衛されながら移動する。

彼が煮えたぎるような怒りを堪《こら》えていることには、最後まで気づかなかった。

幕間　それぞれの結末（エリック視点）

兵士に囲まれるようにして、ベリーが去っていくのを見送る。

彼女の護衛につけた兵士は、皆、私が信頼する者たちだ。何事もなく彼女を馬車まで送り、そのあとは屋敷に帰りつくのをこっそり見届けてくれるだろう。

これ以上、何かが起こるとは思っていないが『もし』ということはあり得る。

愛する女を守るために、やれるだけのことはやっておきたかった。

「……さて」

完全にベリーの姿が見えなくなったところで息を吐く。

私は背後に向かって声をかけた。

「いつまでそこにいるつもりだ？　隠れているのは分かっている。出てこい」

私がここに着いた直後くらいからあった人の気配。それが誰なのかは当然予想できていた。

声をかけても、気配の主は出てこない。

出て行かなければバレないと思っているのか。呆れながらも私は、その名を口にした。

「私は出てこいと言ったぞ。――リリス・ランダリア公爵令嬢」

「っ……」

はっきりと名前を告げると、観念したのか、立木の陰からリリス・ランダリア公爵令嬢が姿を現した。どこか悔しそうな顔をしているのは、私にバレていたからだろうか。

いや、違う。

おそらくは、己の企《たくら》みが失敗に終わったからだろう。彼女からは憎しみの感情を強く感じた。

「……こんなところでお会いするとは奇遇ですわね、陛下」

リリスが王族に対する礼を取る。ここまできてもまだ彼女はしらばっくれるようだ。

「奇遇？　よくもまあそのようなことを言えるものだ。先ほどの状況は君が作り上げたものだろうに」

「なんのお話をなさっているのか、さっぱり理解できませんわ。ベリーとアルマ殿下、ずいぶんと修羅場だったようですけど」

「その修羅場を作ったのが君だと言っているのだが？」

私の言葉に、リリスは不敵に笑った。

「憶測でものを語るのはお勧めしませんわ、陛下。私はただ、お二方にお勧めの休憩スポットをお教えしただけ。そして私自身も休憩しようと、先ほど到着しただけのこと。そこに他意はありません」

「嘘だな」

すらすらと告げるリリスだったが、私は騙《だま》されない。

何故なら私には確信があったからだ。

先ほど、アルマ王子を庭へ向かわせた時の彼女の表情。それを見ていたからはっきりと断言できた。

何せ、アルマ王子の背中を見つめるリリスはとても醜悪で、悪意に満ちた笑みを浮かべていたから。

あんな顔をする女が、何も企んでいないとは思えない。

どうやって仕組んだのかは知らないが、先ほどの状況を作り上げたのは間違いなく彼女だろうと断言できた。

リリスはベリーが憎いのだ。それは多分、彼女が私のことを好きだから。

だからベリーをどこか遠くへ追いやってしまいたかった。その手段として使ったのが、アルマ王子だったのだろう。

ただ、証拠はないし、あくまでもこれは私の勘でしかないので罪に問うことはできないだろうが。

現状ではこのまま見逃すしかない。それを分かっているから、リリスも平然と笑っていられるのだ。

だが、それでは腹の虫が治まらない。

私は吐き捨てるようにリリスに言った。

「……残念だ。君はもっと賢い女だと思っていたのだがな」

「な、なんの話ですの。いきなり」

リリスが目を見開く。

今日、彼女が着ているのは、赤いドレスだった。

胸元が大きく開いた派手なデザインで、スタイルのいいリリスにとてもよく似合っている。

まるで深紅の薔薇《ばら》が咲いたような美しさだ。

実際、今日、彼女のパートナーに選ばれた騎士団長は、終始鼻の下を伸ばしていた。

細い腰に、大きな胸。美しく華やかな顔立ち。更には、公爵家の令嬢という立場。

リリスは、およそ女性が望むものは全て与えられたと言っていい女性だ。

だが、私には誰よりも醜悪に見えていた。

何故なら――。

「ひとつ言っておこう。私は、複数の男に尻尾を振る女は好きではない」

「え……」

リリスが目を見開き、固まる。そんな彼女に私は淡々と事実を告げた。

「君がこれまで王城でどう振る舞っていたのか、私は全て見てきた。常に複数の男に良い顔をし、その上で君の視線が私にあったことにも気づいている。そのわりに、私に話しかけてきたことは一度もなかったがな」

「そ、そんな……陛下、私のことを見て……？」

まさか気づかれているとは思わなかったのだろう。彼女は驚愕の表情を見せた。

「君たちは目立つ。王城を歩いていれば、嫌でも目に入ってしまうからな。いや、ふたりの男に取り合いをされている君の姿は、よく目にしたぞ」

思い出しながら言う。リリスの顔色が目に見えて蒼白《そうはく》になっていった。

「それは……わ、私にも事情があって……！」

「君の事情など知らんし興味もない。ただ、好む異性が別にいるにもかかわらず、他の男に色目を使える女を私は信用しようとは思えない。それだけだ」

「色目なんて使っていません！　私は最初からあなただけが！」

「そうか？　そのわりには、別の男たちと楽しそうにしていたようだが」

「違います！　誤解です！　彼らのことなんてなんとも思ってません！　むしろ鬱陶しいくらいです‼」

必死に否定する彼女だったが、私にはその姿が滑稽に見えていた。

リリスが否定すればするほど「やはりこういう女か」という気持ちが強くなっていく。

「本当にそうか？　私の目には君が『悪くない』と思っているように見えたが？　容姿も良く、地位もある男ふたりに迫られて、興味はなくともそれなりに良い気分だったのではないか？　本当に嫌だったのなら拒絶すればよかったのだ。だが、君はそうはしなかっただろう？」

言いながら思う。

ベリーは違った、と。

彼女は、徹底して私を拒否した。

好意を寄せる私に、わざと気を持たせるようなことはしなかった。きっぱりと諦めてくれと言ってきたし、妃になれない理由もちゃんと話してくれた。

まあ、言われたところで私が諦めるかは別問題だが、彼女はリリスと違い、きちんと筋を通してきた。

そういうところも好きだと思う。

「……」

リリスに目をやる。どうやら痛いところを突かれたらしい。

彼女は顔を赤くすると、カッとなって言い返してきた。

「し、仕方ないじゃない！　イケメンを侍らせることができる機会なんてそうないんだから！　ちょっと嬉しくなって何が悪いのよ！」

「別に悪くはないぞ。ただ、それならそろそろふたりの純情を弄ぶのはやめてやればどうだ？　気持ちがないのなら、直接言ってやるが良い。彼らにも未来がある。早い方が立ち直るのに時間もからないだろう」

「そ、それは……」

私の指摘に、何故か口ごもるリリス。

私は更に彼女に言った。

「好きな男がいるから諦めて欲しい。そう正直に言えばいいだけだろう。それを言わず、どちらにもそれなりに気を持たせるような態度を取り続けているのはどうかと思うぞ？　それとも安全策のつもりか？　私に振られた時の次の手として、持っておきたかったのか？」

「そ、そんなことしてないわ！　そんなひどいこと、するわけないじゃない！」

「そうか？　そのようにしか私には見えなかったが」

リリスが必死に言い訳をするも、私の心には全く響かない。

というか、だ。図星を突かれたという顔をしながら言い訳されたところで、信じられるものも信じられなくなると思うのだが。

「――だ、だから私はふたりを弄んでなんて！」

「……もういい。これ以上聞いても時間の無駄だ」

いい加減、うんざりしてきたので、二度、手を叩く。

私の合図に合わせて出てきたのは、今日のリリスのエスコート相手である騎士団長プラート・ライン騎士団長と、テレス・リーゼ公爵だった。

「リリス嬢……」

「……リリス」

ふたりの男が、沈鬱な表情で彼女を見る。リリスはまさか彼らが出てくるとは思っていなかったのか、突然の状況に言葉を失っていた。

「なっ……」

「……陛下に言われ、護衛としてついておりました」

「オレも、陛下についてこいと命じられて……」

プラートとテレスが告げる。

リリスは絶句し、目を白黒させていた。

出てきた彼らに声をかける。

「君たち。最初から話は聞いていたな？　どうやら彼女は、君たちを鬱陶しいと思っているようだぞ。それどころか、私に振られた時の安全牌《ぱい》として考えていたらしい」

「陛下！　だから私はそんなことは……！」

リリスが必死に食いついてくる。

そんな彼女にまずはテレスが言った。

「――残念だ。オレはお前の心のより所にはなれなかったんだな。いつかお前を振り向かせることができると思っていたが、それは思い上がりだったようだ。……リリス、お前がそんな打算的な女だったとは知らなかった」

「！　ちょっと待ってよ、テレス！　私は！」

ギャアギャアとリリスが吠《ほ》える。そんな中、プラート騎士団長も口を開いた。

「……あなたを真の意味で幸せにできるのは私だと信じていました。とても、残念です」

「プラート！　あなたも誤解しているわ！　ふたりとも違うの！　私を信じて!!」

「お前と陛下のやり取りは最初から見せてもらっていた。悪いが、信じられない」

「私もです。私たちのことはなんとも思っていなかったんですね。――お元気で、リリス嬢。もう会うこともないでしょうが」

ふたりがリリスから目を背ける。彼らの態度を見て、自分が捨てられてしまったのだと気づいたう。


彼女は目を見開いた。

「嘘……」

なんとも思っていないと嘯《うそぶ》いていても、向こうから振られるというのはやはりショックなのだろう。

己が選ぶ側だと思っていたのが覆されたのだから、動揺するのは当然だ。

リリスは呆然とその場に立ち尽くしていた。

彼女は多分、心の弱い女性なのだ。

だからひとりで立とうと思えない。いくつも安全策を用意しないと安心できないし、手放すなんて到底できるはずもない。

それなのにリリスの手から、次善策として用意していたはずのふたりは離れていった。

彼女からしてみれば、自らの足下が崩れたような心地なのだろう。

自分に起きた出来事が信じられないという顔だ。

そんな、ショックを受けている彼女には悪いが、私も言わせてもらうことにする。

「私も君に興味はないな」

「そ、そんな……」

「悪いが、全く食指が動かん。私が愛するのは後にも先にもベリーだけだ」

「ベリー、ベリーって……あの子がそんなにいいの？」

ギロリと睨みつけてくるリリスに頷きを返す。

「当然だ。君とは何もかもが違いすぎる。ベリーは愛を告げる私を、一度もキープしようなんて考えなかったからな。芯の強い女性なのだ」

「っ……」

「応えられないと、正直に告げてくれた。私は彼女のそんな真っ直ぐで、強い心根が好きなのだ。私自身が、打算に満ちた世界に身を浸しているからな。ベリーの真っ直ぐさと強さがどうにも私には好ましく映る」

国王などやっていれば、どうしたって人の気持ちの裏ばかり探るようになってしまう。そんな中に生きる私にとって、ベリーは癒しなのだ。

彼女の言葉に変な裏はない。いつだって己の気持ちを正直に語ってくれる。それがどうにも心地いい。

「わ、私……」

「もう一度言おう。君には欠片ほどの興味も抱けん」

「……っ……」

はっきり告げると、リリスはその場に頽《くずお》れた。これ以上彼女に関わっている時間もないので、身を翻す。プラート騎士団長とテレス・リーゼ公爵も黙って私に続いた。

後ろからリリスの慟哭《どうこく》が聞こえてくる。

「なんで……なんで……何が悪かったっていうのよ。私はただ生きたかった。だから良い顔をしただけなのに。何も悪いことなんてしていない。最推しを落とそうとしたのだって、当たり前。せっ

かく生き残れたのだから絶対に幸せになりたかったの。でも、もし失敗したら？　全部なくすのは怖いわ。手に入れたものを手放すのは恐ろしい。だから保険をかけたのよ。公爵と騎士団長。何かあってもなんとか取り返せるようにって……そしたら！」

悲痛な声に立ち止まり、振り返った。リリスは目に涙を浮かべている。

まるで悲劇のヒロインのような面持ちだが、私の心はピクリとも動かなかった。

彼女が大声で叫ぶ。

「おかしいでしょ!?　いつの間にか、最推しが攻略されそうになっているのよ！　そんなの許せるはずがない。だからあの子を遠くに追いやろうとしたのよ。殺そうなんて思わなかったわ。だって、あの子、悪い子じゃなかったもの。私のことだって笑顔で『良かった』と言ってくれるような子。だから、せめてもと思って、別の人と幸せになれるようにしてあげたのよ。それの何が悪いっていうの？　アルマルートって、ヒロインが辿るべき正規ルートのひとつじゃない。ハッピーエンドは人気なのよ？　あの子だったら絶対に辿り着ける。きっと幸せになれるわ！　だから！」

リリスが顔を歪《ゆが》めて笑う。醜悪な笑みは直視できないひどいものだった。

「ねえ、私は優しいでしょう？」

まるで同意してくれとばかりに言われ、眉を寄せた。

「……自分の望みのために、他人を無理やり排除しようとする時点で、優しいとはとてもではないが言えないな。リリス。そんなにベリーが妬ましかったのか」

私の言葉にリリスがカッとなって言い返す。

「妬ましい⁉　違うわ！　私のものになるはずのものを奪ったことが許せないのよ！」

勝手に所有予定にされても困るのだが。

リリスの中で、私は彼女のものになることが確定していたようだ。その思い込みの強さには恐怖すら感じる。

言っていることも意味不明なものが多いし、錯乱しているのかもしれない。

真面目に話すだけ無駄だと思いながらも、私は最後の言葉を告げた。

「……君の言うことには賛同も理解もできないが、これだけは分かるぞ。君はあれもこれもと欲張りすぎたのだ。少なくとも他人のものを欲しいと望まなければ、それだけで君は幸せになれただろうに」

それだけのものを彼女は持っていた。

公爵も騎士団長も真剣にリリスを愛していたし、彼女が応えれば全力で幸せにしただろう。

いつだって彼女の側に幸福はあったのだ。ただ、リリスがそれを見ようとしなかっただけで。

そして、要らないのなら捨てればよかったのに、やっぱり惜しくなって手放すことができなかった。

その結果が、これだ。

「私が欲張りだっていうの？　まさか。意味が分からないし、そもそも他人のものなんかじゃないわ。私のものになる予定だったのよ！　それを返してもらおうとしただけ！　私は、何も悪いことをしていない‼」

叩きつけるように告げるリリスを気の毒なものを見る目で見つめる。

話し合いは平行線で、いくら言っても彼女は私の言うことを理解しないであろうことがよく分かった。

彼女に惚れていたふたりの男たちが、幻滅したような顔をしている。

自分の愛した女が、こんなにも道理の通らないことを言うとは思いもしなかったのだろう。

悲しげに、首を左右に振っている。

「……行くぞ。あれは捨て置け」

ふたりに声をかけ、今度こそ、踵を返す。

私からリリスに直接罰を与えることはない。彼女が何かしたという証拠は何もないのだから。

だけど彼女の罪を私は知っていたし、だからこそ全てをなくした今の彼女を可哀想だと思うことはできなかった。

幕間　望まないエンディング（リリス視点）

「なんで……なんで、なんで、なんで！」

ひとり取り残された噴水前にある広場で、地面を叩く。

どうしてこんなことになったのか分からなかった。

悪役令嬢に生まれ変わったと知ってから今まで、ひたすら殺されないようにと知り合った攻略対象者たちの好感度を上げ続けてきた。

そうして彼らの好意をこちらに向けさせたのだ。

それが間違っていたとは思わない。だってそうしなければ、ゲームは始まり、私は悪役令嬢として遅かれ早かれ死ぬことになっただろうから。

実際、私はその方法で死を免れた。ゲームは始まらず、ふたりの男は私に夢中のまま。

とても気分が良かった。やりきったと思ったのだ。

でも、それを最推しである国王に見られていたなんて誰が思うというのか。

「……なんでこんなことになるのよ」

全部上手くいっていると思っていたのに。

攻略キャラたちを手玉に取りつつ、国王を攻略にかかる。

それが私の予定で、間違いなく一番正しい方法だった。

だって、全てを捨てて国王だけを狙うのはあまりにもリスクが高すぎるから。

将来有望な男をキープしておきたいのは女性なら当たり前のことだろう。

国王を除けば、彼ら以上の優良物件は存在しない。

それが分かっていたから、余計に彼らのルートから出ようとは思えなかったのだ。

エンディングを迎えない程度にキープして、万が一の時はふたりのどちらかを選んで、幸せになればいい。

いや、絶対に国王と結婚してみせるつもりではあるけれど、幾重にも安全策を講じるのは当然のこと。何かあった時、頼れる先があるというのは大切なのだ。

そう思っていたのに、あの子が現れてから全部がおかしくなった。

あの子。

悪役令嬢に転生した私とは違い、ヒロインに転生したローズベリー・テリントン侯爵令嬢。

ゲームが始まらなかったせいでヒロインではなくなったはずの彼女は、ある日突然現れ、私を混乱の渦に陥れた。

ヒロインの面目躍如とでも言えばいいのだろうか。なんと彼女は、私の最推しに惚れられていたのだ。

夜会で踊るふたりを見て、あんぐりと口を開く。

国王は今まで一度も見たことがない優しい顔で笑っていて、彼女に惚れているのが一目で分かった。

このままではまずい。

私の推しを、ヒロインに取られてしまう。

それだけは許せなかったから、彼女を――ベリーをお茶会に呼び出し、忠告することにした。そうして話してみれば、彼女はとても良い子で、ヒロインに転生したのも分かると思える女性だった。

悪役令嬢に転生した私が生き延びたことを心から喜んでくれる子。

彼女の推しを攻略している私を責めず、大丈夫だと言ってくれた。本当に良い子だったのだ。

それに、国王と結ばれる気はないと約束もしてくれたから。

彼女となら同じ転生者仲間として仲良くできるのではないかと思った。良い子に巡り会えたと本当に嬉しかった。だけどそれは幻想。私は簡単に裏切られた。

ある日、話があると彼女に言われた私は、信じ難い話を聞かされた。なんと国王と恋人になり、結婚の約束をしたというのだ。

――攻略しないって約束したのに……！　良い子だと信じていたのに！

信じられなかった。

ひどい裏切りを受けた気持ちになり、彼女を追い返したが、怒りはいつまで経っても消えなかった。むしろ増す一方だ。

そうして怒りに震えているうちに、ふと思いついたのだ。

もうすぐ、攻略キャラのひとりであるアルマ王子がやってくることを。

アルマ王子のストーリーは、そのほぼ全てが彼の国であるノリス王国で進められる。

だから、もしベリーをアルマ王子のルートに誘導できれば、彼女を物理的に国王から離すことができるのではないだろうか。

いける、と思った。

『公爵』と『騎士団長』を攻略した経験から知っている。上手く持っていけば、狙いのルートに入れるのだと。

アルマ王子のルートに入れようと思うのなら、夜会の日にふたりを噴水の前に連れて行けばいい。

そうすれば勝手にアルマ王子は正ヒロインであるベリーに惚れるだろうし、アルマルートは開放される。

彼女はノリス王国へと連れ去られ、アルマ王子との愛の日々が始まることとなるだろう。

——悪くないわ。

考え、我ながら良い案を思いついたと思った。

だってアルマ王子は攻略キャラのひとりなのだ。しかもわりと人気のあるキャラで、ハッピーエンドルートは普通に良い話だった。

ベリーは悪い子ではないし、攻略知識もありそうだから、きっと上手くアルマ王子とハッピーエンドを迎えるだろう。

迎えられなかったとしてもそれはそれで構わない。

他の男に誘拐された女を、議会は王妃として認めないだろう、つまりどう転んでもベリーが国王と結ばれることはなくなるのだ。

最高の案を思いついた私は、早速その案を実行に移すことを決めた。

決行はもちろん、アルマ王子歓迎の夜会。その時以外にない。

そしてやってきた今夜、私はアルマ王子を上手くけしかけることに成功した。あとは彼がベリーを連れ去ってくれれば万々歳。

このまま夜会の会場にいて、その時をただ待つというのでもよかったのだけれど、できればそのシーンをこの目に焼きつけたい。そうすればこの溜まりに溜まった怒りも少しは収まるのではないかと思った私は、こっそりふたりの後を追うことにしたのだけれど――。

「最悪」

現実はこの通りだ。

ベリーは国王に助けられ、アルマ王子も去った。

そして私は企みを国王に見抜かれ、何故か一緒にいた『公爵』と『騎士団長』にまで見限られる始末。

あのふたりは万が一の時の保険だっただけに、一度になくしてしまったのが痛いし、振るとすればこちらからだと思っていたから、かなりプライドが傷つけられた。

「……運が悪かったのね」

嘆いていても、誰かが助けてくれるわけではない。

よろよろと立ち上がる。もちろんこのままで終わるつもりはなかった。

だって、私は悪くない。

何も悪いことをしていないのに、どうして全てを奪われたまま泣き寝入りしなければならないのか。

とはいえ、今のところ何か良い案を思いついたとかはないのだけれど。

しばらく屋敷で療養すれば、きっと良案も出てくるだろう。そうしたら、もう一度頑張ればいい。

「……陛下とあの子の結婚式までに何か思いつかないと」

絶対にふたりを結婚させるものか。

再度、怒りを燃やし、それを糧に私は苦々しい気持ちを抱えながらも王城を後にした。

◇◇◇

「リリス！　お前、一体何をしでかしたのだ！」

「え……？」

屋敷に帰った次の日の朝、私は顔面蒼白となった父に叩き起こされた。

昨日の疲れが残っていて、まだ上手く頭が働かない。

ぼんやりとしながらもベッドから起き上がって父を見ると、彼は眉を吊《つ》り上げ怒りを露《あら》わにしていた。

「今朝、陛下からご命令があったのだ。しばらくお前の登城を禁止すると。リリス、お前昨日の夜会で何かやらかしたのか？」

「い、いいえ、私は何も……」

やらかしたと言えば、やらかしたが、少なくとも証拠に残るようなものは何もない。

しかし、登城禁止命令とは。

国王が私を許していないのだと知り、恋心が傷ついた。

——私は、まだこんなにも彼のことが好きなのに。

ゲームで彼という存在を知ってから今まで、ずっと彼だけを愛してきたのに、彼は私のことなどどうでもいいと思っているのだ。それがひどく辛かった。

「何もしていないのなら、登城禁止命令など出るはずがないだろう。ああ、本当になんということをしてくれたのか。今すぐ陛下に謝罪に行かねばならぬ。……それと、リリス」

「は、はい……」

父に睨まれ、返事をした。父が苦々しげに口を開く。

「お前ももうそろそろ落ち着くべきだ。確か、テレス・リーゼ公爵とプラート・ライン騎士団長のふたりがお前に求婚の意思を見せていただろう。彼らのどちらかと結婚するように。分かったな？」

「え……」

まさかの結婚しろという言葉に、一瞬頭の中が真っ白になった。

慌てて告げる。

「い、嫌です。わ、私、好きな殿方がいて――」

「お前の意見は聞いていない。いいな？　どちらかと結婚するんだ。これは命令だ」

「……」

愕然とする私を残し、父が出て行く。

「どうして……」

国王を諦めるつもりなどなかっただけに、この展開は予想外だし、受け入れられるはずもない。

私はまだ戦えるのに、こんな悪夢が待ち構えているとは想像もしなかった。

だが、これはまだほんの序の口。本当の悪夢はこれから訪れると私は知らなかった。

◇◇◇

「……リリス。一体どういうことだ」

「……」

その日の夜、私は父に執務室まで呼び出された。

未だ朝のショックを引き摺っていたが、父の呼び出しを拒否はできない。のろのろと準備をして部屋へ行くと、父は渋い顔をしていた。

「どういうこと、と言われましても」

「テレス・リーゼ公爵とプラート・ライン騎士団長に婚姻の意思があるかどうか尋ねる手紙を送っ

た。返事はふたりとも『そんな気はない』だ。……どういうことだ、リリス。お前、あのふたりに何かひどいことでも言ったのか」

「……」

父の叱責を聞きながら、溜息を吐く。

ふたりが私との結婚を断ったことを意外には思わなかった。だって多分昨日で、私は彼らのルートから外れてしまっただろうから。

私から別れの言葉を告げたわけではないが、ふたりの最後の台詞は、ルートを外れた時のものとほぼ同じだった。

それを知っていたから「そうだろうな」としか思わない。

──本当、なんでこんなことになるのかしら。

「リリス！」

黙ったままの私に苛ついたのか、父が語気を荒らげる。私は仕方なく口を開いた。

「そういうこともあるのではないでしょうか。彼らの気が変わった。ただ、それだけですわ」

「それだけってお前……せっかくの嫁入り先候補をふたつも台無しにして」

悔しそうに呻く父。

ふたりは誰の目から見ても優良物件だったから、残念がるのも当然だろう。

可能なら私もキープしたままでいたかった。

でも、ふたりが断ってくれたお陰で、まだ、やり直しは利く。

国王をあの子から取り戻すために動けるのだ。『公爵』と『騎士団長』。ふたりを失ったことより、その事実の方が私は嬉しかった。

だけど。

「……それなら、僕がリリスお嬢様を娶っても構わないでしょうか」

その場に黙って控えていたミナートがそんなことを言い出したせいで流れは変わった。

ギョッとする。

ミナートは父の息子といっても、母親の身分が低く、息子として公には認められなかった子だ。

そんな彼が私を娶りたいと主張し、私だけでなく父までもが驚きの顔を見せた。

「ミナート！　お前……」

真意を問うような父の声に、ミナートははっきりと告げる。

「僕はリリスお嬢様……いえ、義姉上《あねうえ》のことをずっとお慕いしてきました。もし許されるのなら義姉上を娶りたい。そしてふたりで公爵家を盛り立てていきたいのです」

「……ミナート」

父が目を見張る。

今は執事という扱いにしているが、父がミナートを自らの息子として見ているのは皆が知っている。それに父の子供は私とミナートしかいないのだ。

私が嫁げば、おそらくミナートは息子として認められ、いずれは公爵位を継ぐことになるのだろうとなんとなく察していた。

余所から養子を貰うよりは、母親の身分が低かろうと自分の息子に継がせる方がいい。

誰でも分かる簡単な理屈だし、実際ゲームでもミナートは公爵位を継いでいた。

何かを思いついたのか、父の目の色が変わる。

「……そうか。考えもしなかったが、お前たちは義理の姉弟。ふたりを結婚させる……ということも可能か」

「陛下のご不興を買った義姉上を大人しくさせておきたいというのでしたら、しばらくはふたりで公爵領に引き籠もっておきます。その間に、僕も次期公爵としての心構えや勉強を学べますので、悪くないかと思いますが」

「ふむ」

父が深く頷く。

どうやらミナートの提案にかなり心を動かされているようだった。

だが、こちらとしてはそんなことになっては困る。

だってミナートは半分しか血が繋がっていないといっても、弟。

弟と結婚なんて絶対に無理だし、気持ち悪いとしか思えない。

「わ、私は嫌です！　私、ミナートのことを男性として見られません。ミナートは弟なんです！」

必死に訴える。

どうしてこんな話になったのか。

多分、ミナートのルートを切っていなかったことが最大の要因なのだと思う。

私はミナートが攻略キャラのひとりだと知っていた。

彼に嫌われたら死ぬことを知っていた。だから姉として優しく接していたのだけれど、彼はいつの間にか私に対し、恋心を抱くようになったのだ。

そんなもの要らないのに。

私は彼の姉でいい。それ以上の関係なんか求めていない。

ただ、ミナートには気難しいところがあって、攻略ルートから外れると、殺されてしまう可能性があった。

私は誰にも殺されたくないし、死にたくない。

だから弟のルートなんて絶対に嫌だったけど、攻略しきらないようにだけ気をつけながらこれまで頑張ってきたのだ。

それが今回、裏目に出た形だ。

私は泣きそうになりながらも、ミナートに言った。

「ごめんなさい、ミナート。誤解させていたのなら悪かったわ。私はあなたのこと、異性として見ていないの。だから私のことは諦めて」

ルートから抜け出るための、はっきりとした拒絶を告げる。

殺される可能性が残るのは嫌だが、弟と結婚なんて地獄を回避するのが何より先決だと思ったからだ。

「義姉上……」

ミナートが大きく目を見張る。

これで、ミナートは私のことを諦めてくれるはず。

期待を込めてミナートを見る。だが、彼はふんわりと笑った。

「ふふ、嘘を吐かなくてもいいんですよ、義姉上。あなたがずっと僕の想いに応えようとしてくれたことは知っています。大丈夫。ふたりで公爵家を盛り立てていきましょう。僕とあなたならそれが可能ですから」

「えっ……」

予想とは違う言葉が返ってきて、目を丸くした。

――なんで？　なんでその台詞を言うの？

唖然とただ、ミナートを見つめる。

だって今ミナートが言った『僕とあなたならそれが可能ですから』はミナートルートのノーマルエンディングの中にある言葉だからだ。

ヒロインとミナートが結ばれ、結婚を認められる時に彼が告げる台詞。それがこの言葉で、何故今ミナートが口にするのか全く理解できなかった。

「ミナート……？」

「ふたりで幸せになりましょうね、義姉上」

「ま、待って。私は……」

混乱する私を余所に、父が仕方ないかという風に頷く。

「……他に優良な貰い手もいないようだし、ふたりが夫婦になるというのなら、それもいいだろう。リリス。お前も妻としてミナートを支えるのだぞ。公爵家の心得をお前からもミナートに教えてやるように」

「ありがとうございます！」

嬉しげにミナートが返事をする。

ふたりは、話は決まったとばかりに喜んでいるが、私はひどい悪夢でも見ている気分だった。

どうして、ミナートのルートから外れることができなかったのか。

すでにエンディングが始まっていたからかもしれない。私は間に合わなかったのだ。

「嫌、嫌です……私、ミナートと結婚なんて……」

「決まったことにわがままを言うでない。さあ、急ぎ皆に周知せねばならんな。花嫁衣装も仕立てなければ！」

父がウキウキとしている。ミナートも「義姉上のウエディングドレス姿楽しみです」と喜んでいるが、そんなもの着たいはずがなかった。

「嫌……無理、無理なの……」

弟と結婚なんて不可能だと、何度訴えても誰も聞いてくれない。

私はミナートルートになんて行きたくなかったのに、ミナートとエンディングなんて迎えるつもりはなかったのに、どうしてこんなことになったのか。

――お願い。分かった。もう諦める。全部反省するし、陛下のことだって諦めるから！

だから、お願いだからミナートとの結婚だけは勘弁して欲しい。

自業自得という言葉がふと、頭を過《よぎ》った。

私は怒りに任せて、ベリーを無理やりアルマルートへ行かせようとした。

彼と結ばれればいい。人気キャラなのだから構わないだろうという親切心さえあった。

私は優しいと本気で思っていた。

だけど、今、同じようなことが起こっていて、私はどう思っているか。

とても苦しく、到底許容できないとさえ感じている。

——ああ、私のしようとしたのって、そういうこと……。

回り回って、全部己に返ってきた。そんな気分だ。

——ごめんなさい、ベリー。

国王に何を言われても動じなかった私が、初めて心から申し訳ないと思った瞬間だった。

だが今更だ。自分のしたことを理解し、反省しても、時すでに遅し。

ミナートとノーマルエンディングを迎えてしまった私に最早逃げる術《すべ》はなく、後は地獄で舗装された未来が待ち受けているだけだった。

終章　幸せの階《きざはし》

夜会から三カ月が経った。

アルマ王子は、あのあと、予定通りの日程を過ごし、帰国している。

エリックはアルマ王子が何か仕掛けてこないか心配していたようだが、今のところ杞憂で済んでいるし、今後も何もないのだろうと確信している。

ルートから外れたヒロインに、ヒーローは興味をなくすものなのだ。今後、エリックの妃として顔を合わせる機会はあるだろうが、前のようなことにはならないはず。

ノリスとの同盟関係にも特にヒビが入るようなこともなく、今のところ諸外国がうちの国やノリスを攻めてくる雰囲気もなさそうだ。

このまま平和が続いてくれればいいのにと、そう思わずにはいられない。

そういえばリリスだが、彼女とはあれ以来、一度も会ってはいない。

一度くらい話せればとも考えたが、あれから彼女は公爵領に引き籠もってしまったのだ。

どうやら近々結婚するようで、相手は彼女の義理の弟であるミナートだと聞いている。

リリスは絶対に義理の弟と結婚などしたくないと言っていたが、何がどうなって彼と結婚することになったのだろう。

私の予測では、彼女に惚れていたテレスかプラートのどちらかとゴールインするものと思っていたので、話を聞いた時は驚いた。

その、リリスに夢中だったふたりも今は落ち着き、日々を普通に過ごしている。

おそらく私がアルマ王子のルートから抜け出したように、リリスも彼らを振り、ルートから抜け出たのだろう。

前にチラリとふたりの姿を見かけた時に、憑き物が落ちたような顔をしていたから、多分そうなのだと思う。

真相は分からない。だけど、追及するつもりはなかった。

何せ私はリリスとはもう縁を切ることにしたので。

無理やり望まぬルートに行かせられそうになったこと、あの日のことは彼女の気持ちも分かるから許しはしたが、さすがにこれからも付き合いを続けましょうとは思えない。

それが私の出した結論。

向こうもエリックとくっついた私のことなど視界にも入れたくないだろうし、このままお互い会わずに生きていくのがいいと思っていた。

彼女の最推しと結婚する私と、私を物理的に排除しようとしたリリス。

話し合いに意味はない。

どこまでいっても平行線にしかならないことを思い知ったのである。

◇◇◇

「こんにちは。ライネス、いる？」

紅茶専門店『アメジスト』の扉を開ける。

客のいない店内。カウンターでぼんやりしていた店長のライネスと目が合った。彼は私の姿を認めると、嬉しそうに破顔した。

「お、ベリー！　久しぶり！」

「久しぶり！　なかなか来られなくてごめんね」

ヒラヒラと手を振る。

前は月に二回は来ていたのに、ここのところ全然会えていなかったのだ。

色々と忙しかったのだけれど、友人と長く会えないのは寂しかった。

ライネスも嬉しげに応じてくれる。

「忙しいのは知ってる。三日後にはいよいよ婚約発表なんだろう？　おれも国民のひとりとして見に行くつもりだよ」

「本当？　ありがとう」

祝福してくれるライネスに礼を言う。彼はいつものように紅茶を用意し始めたが、私に続いて入ってきたエリックを見て、口を尖らせた。

「え、なんで王様まで連れてきてるの」

文句を言うライネスに、エリックがムッとした口調で返す。

「……別に私が来ても構わないだろう」

その言葉に、ライネスがピンッと来たような顔をする。

「え、何、何～？　もしかしておれとベリーをふたりにするのが嫌でついてきたとか？　心狭すぎじゃない？　王様」

「うるさい。婚約直前の恋人を心配して何が悪い」

「えっ、当たり？　いや～、悪くはないけどさ～。大丈夫、ベリー？　婚約前から独占欲露わにしてくるような旦那で。後悔しない？」

「ジュネス！」

エリックが声を上げる。だが暖簾に腕押しというか、全くライネスには響いていないようだ。

仕方なさそうにもう一客、ティーカップを出している。

「困るよ、王様。今のおれはライネスなんだから。情報屋としての仕事以外ではちゃんとライネスって呼んでくれないと」

「む。そ、それは、すまん」

「本当、しっかりしてよね～。で？　今日はふたりで何しに来たの？　別に依頼とかじゃあないんだよね？　あ、とりあえず紅茶淹れたから、まずは一杯どう？」

どうぞ、と紅茶の入ったティーカップがカウンターに並べられる。

私たちはそれぞれ礼を言い、カウンター席に置かれたティーカップを手に取った。

紅茶の良い匂いに癒される。

「すごい……良い香り」

「それな、最近のおれのお勧め。花の香りが良いだろう?」

「本当に……わ……素敵……」

のどごしも良く、とても爽やかなお茶だ。少し癖はあるが嫌な感じではなく、慣れれば何杯でも飲めそうな気がする。

相変わらずライネスは私の好みを熟知している。毎回ピンポイントに美味しいお茶を出してくれる彼に、心から感心した。

エリックも気に入ったようで、お茶を飲み、頷いている。

しばらく三人でお茶を楽しみ、落ち着いたところでライネスが言った。

「で、本題は?」

「本題?」

「今日ここに来た理由」

改めて聞かれ、首を傾げた。

「特別な理由はないけど。エリックと久しぶりにデートに出てきたから、ついでにライネスにも会いたいねって話して……」

「え、デートの途中で来たわけ?」

「ええ」

頷くと、隣にいたエリックが「私は、やめておかないかと言った」と自己主張し始めた。

「せっかくのデートなのに、何が悲しくて恋人の異性の友人に会いに行かなければならないのだ」

「ひとりで行くって言ったら、駄目だって返してきたのはエリックでしょ」

嫌なことを無理強いするつもりはないので、時間ができた時にひとりで訪ねるつもりだったのだ。

それを許さなかったのがエリック。

彼はムスッとした顔を隠しもせず、私に言った。

「当たり前だ。どうして男と会うのを了承しなければならない」

「ライネスは友人。エリックだって分かっているわよね？」

私とライネスの関係は知っているはず。そう思いながら彼を見ると、エリックはそっぽを向いて、

「知っているが、許容できるかどうかは別問題だ」

と答えた。

「別問題って……」

「君が私以外の男と会っているなんて、想像すら耐えられないのだ。それもこれも君を愛しているからなのだが……駄目か？」

「うっ……」

まるで捨てられた子犬のような目をされ、狼狽えた。

「べ、別に駄目だとは言ってないけど……」

「そうか！　なら、これからもついてきても構わないか？」

「そ、そうね……って、さすがにそれは嫌だけど⁉」

友人と会うのにいちいちエリックについてこられては堪らない。

危うく流れで了承する羽目になるところだった。エリックは「ちっ」と舌打ちをしていて、私を丸め込む気だったことがバレバレである。

「エリック！」

「君だって、私が女性の友人と会ったら良い気はしないだろう。同じではないか」

「別に嫌だとは思わないわ。私、エリックを信じているから」

「え」

「だからお好きにどうぞ」

私の返しにエリックはショックを受けたような顔をする。どうやら思った答えと違ったようだ。

「気に……ならないのか」

「ならないわね。だって別に浮気をするとかじゃないでしょう？」

「当たり前だ」

「ほら。それなら好きにすればって思うわ」

「……むむ」

納得できないという顔をしているが、実際気にならないのだから仕方ないではないか。

私たちのやり取りを黙って見ていたライネスが至極まともな意見を述べる。

「なあ、そのやり取り、わざわざおれの前でやる必要ある？　痴話喧嘩なら、ふたりの時にやって欲しいんだけど」

「あ、ごめんね。……ほら、エリックも。この話はこれでおしまい」

「……うむ」

ばつの悪そうな顔になるエリック。気を取り直し、淹れてもらったお茶を飲んだ。

私たちを見ていたライネスが「まあ、上手くやっているようで良かったけど」と溜息を吐く。

「いよいよ婚約発表だもんね。最初はさ、ベリーと陛下がくっつくとは思わなかったけど、こうやってふたり話しているところを見ていると、お似合いだなって思うよ」

「そ、そう？」

覚悟を決めたといっても、やはり国王に嫁ぐにはそれなりに緊張があるし、大丈夫かなという思いもあるので、ライネスの言葉には思い切り反応してしまった。

そんな私の反応に、ライネスが苦笑する。

「うん。お互いに遠慮のない感じが何より良いよね。どちらかに我慢をさせすぎる関係は、長続きしないから、ふたりにはこのままでいて欲しいって思う」

本心から言われているのが分かる言葉に、なんとなくしんみりする。エリックが頷いた。

「そう、だな。ベリーにはこれから苦労をかけることになるのだ。せめて、しなくてもいい我慢はさせないようにしたい」

「エリック……」

私の方だと思う。

「そんなことしないって……！　逆ならあると思うけど」

現在、勉強中とはいえ、右も左も分からないような状況。愛想を尽かされるとしたら間違いなく私の方だと思う。

だが、エリックは懐疑的だ。

「逆？　それこそあり得ない。私はな、君が思っている以上に、君のことが好きなのだ。ちょっとやそっとのことで嫌いになんかならないと思うぞ」

「ちょっとやそっとのことじゃなかったら……？」

なんとなく気になり、聞いてしまう。

エリックは少し考え、口を開いた。

「それでも嫌いにはなれないだろうな。とうに、どうしようもないレベルで惚れているから。むしろ、君が嫌になって別れたいと言っても、絶対に聞かないと思うからそちらを覚悟しておいた方がいいと思うぞ」

「だからそんなことにはならないって」

私だって、大概エリックに惚れている。

自覚したタイミングこそ遅かったが、気づいてからは底のない沼に際限なく落ち続けている感じはあるし、それは今もだ。

どれくらいかと具体的に言うのなら、今、彼が「やはり正妃を別に娶る。君は二番目で許してくれ」と言ってきたとしても、泣く泣く受け入れるだろうと思えるくらいと説明すれば分かるだろうか。

絶対に嫌だし、別れる一択だと言いたいのに、彼と別れる方が無理と思ってしまうくらい、エリックに惚れてしまっている。

後戻りできないのはこちらの方なのだ。

「私だって、相当あなたのことが好きなんだからね」

嘆息しつつも告げる。

だがエリックは退かなかった。

「いや、それでも私の方が上のはずだ。大概惚れきっていて、ヤバイという自覚はある」

「だからそれ、私もなんだって。自分の方が上だなんて思わないで欲しいわ。この件に関しては負けていないって自信があるんだから」

「奇遇だな。私もだ」

ふたりで何故か睨み合う。

ライネスが呆れたように言った。

「だから痴話喧嘩は余所でやってってって。もう、やっぱりふたりとも似たもの同士でお似合いだよ。あとさ、ちょっとは自覚した方がいいと思うんだけど、今のやり取りって、結局、惚気でしかないからね？　分かってる？」

「は？　惚気？　私は真剣なんだけど？」

惚気とは聞き捨てならない。エリックも私の意見に賛同した。

「私もだ。惚気など一切していない！」

「そうよね！」

「そうとも！」

ふたり顔を見合わせ、頷き合う。

ライネスがほとほと呆れたという表情で言った。

「うん、だからそういうところね。——本当、おめでとう。君たちならきっと幸せになるんだろうなって、確信したよ」

告げられた言葉に慈愛のような響きを感じ、エリックとふたり、ライネスを見る。

彼は柔らかい表情で笑っていて、なんとなくだけど、私もエリックも照れてしまった。

「……うん、ありがとう」

はにかみながらもお礼を言う。

エリックも「君に祝ってもらえるのは嬉しいな」と笑っていたが、そのあと照れ隠しなのか「よし、祝いにこの店にある茶葉を全部買っていこう！」と言い出したのは、悪いけどさすがに止めさせてもらった。

使い切れない量の茶葉を買ってどうするというのか。勿体《もったい》ない。

照れ隠しにしては規模の大きすぎる話に呆れたが、お礼の気持ちを兼ねて、今日淹れてもらったお茶の茶葉は購入していくことを決めた。

ライネスに手を振り、店を出る。

ふたりなんとなく手を繋いだ。

「行こうか」

「うん」

微笑み合い、歩き出す。

もちろん向かうのは、町の市場。今日も元気に食べ歩きをするのだ。

何せ、私たち共通の趣味なので。

こういう日がこれからも続くことを、私たちは確信している。

◇◇◇

「良い天気」

窓から外を眺める。

今日の天気は晴れ。綺麗な青空が広がり、穏やかな風がそよいでいる。

気温も暑すぎず、寒すぎない。実に理想的な天候だ。雨が降ったりカンカン照りだったりしたらどうしようと思っていたので、ホッとした。

「せっかくの晴れの日なんだもの」

ライネスの店をエリックと訪問してから三日後。

今日は、待ちに待った私とエリックの婚約発表の日なのだ。

バルコニーに立ち、集まった国民に婚約を告げる。そういう、とても大事な行事がこれから行われる。

自分の格好を見る。

「ちょっと緊張するけど」

早朝から女官たちに着つけてもらったドレスはスカートの膨らみを抑えめにしたクリーム色のもので、レースがふんだんに使われており、少し気の早いウエディングドレスのようにも見える。

髪は結い上げ、頭には宝石が使われた簪《かんざし》が刺さっていた。

動くとしゃらしゃらと揺れ、とても可愛い。

もう少ししたらエリックが迎えに来てくれるから、そうしたらこの格好で皆にお披露目するのだ。

いよいよやってきた婚約発表の時にドキドキが止まらなかった。

「ベリー、用意はできたか」

部屋の外からエリックの声がする。私は姿勢を正し、深呼吸をしてから返事をした。

「ええ、大丈夫よ」

「入っても？」

「構わないわ」

部屋の扉が開く。入ってきたのは白い詰め襟軍服姿のエリックだった。

帯剣し、マントを羽織っている。胸元には勲章がいくつも飾られており、非常に豪奢《ごうしゃ》な印象を与える。

軍服は裾や袖、襟元にポイントとして黒が使われていて、膨張色の白を引き締めていた。

「……格好良い」

思わず声が零れた。

そうして思い出す。

ゲームでのエリックの結婚式。確かに彼は今と似たような格好をしていたな、と。

もちろん攻略キャラではないので、彼個人のスチルなどはなかったが、全キャラ共通のスチルとしてはあったのだ。

その軍服姿が非常に格好良く、それがきっかけで彼の人気が爆発的に膨れ上がったとか……確かそんな感じだったと思う。

前世の私も共通スチルをもちろん見ていたが、それほど気にはならなかった。

何せ、特に推しとかではなかったので。

「へえ」程度のものだ。

だが、実物を見た今、その意見は翻させてもらいたいと切に思う。

――うん、これは人気が出るのも分かる気がする。

今なら、間違いなく公式に「お願いだから攻略ルートを実装して下さい」と手紙を出すだろう。

「……ベリー？」

見惚れつつ、余計なことを考えていると、怪訝な顔でエリックが私の名前を呼んだ。

ハッと我に返る。

「ご、ごめんなさい。ちょっとぼうっとしちゃって。……その、正装、すごく似合うわね。惚れ直しちゃったわ」

「本当か？　それは嬉しいな。君もそのドレス、とてもよく似合っている。可愛いし……その、まるで今から結婚式に向かう花嫁のように見えるぞ」

「白でなくてクリーム色なのだけどね。でも、私にもそう見えるわ」

「正直、君を見た瞬間、今日は婚約発表ではなく結婚式だったかと思ってしまった」

「ふふ。実際の結婚式は一年後なのにね」

すでに挙式の日取りも決まっている。

婚約発表から一年後。少し時間を設けているのは、私の妃教育が追いついていないからだ。

一年かけて妃教育を行い、その後結婚式を挙げる。

私としても、知識のないまま王妃になるのは不安だから、準備期間を設けてもらえるのは有り難かった。

「一年なんてきっとすぐよ」

「そう願いたい。私としては、それこそ今日にでも君を娶りたいところだからな」

「気持ちは嬉しいけど、私の準備が追いついていないから、待ってね」

「ままならぬものだ……」

口をへの字にさせるエリックが可愛い。

クスクス笑っていると、エリックが「行くか」と手を差し出してきた。

その手に己の手を乗せながら、改めて「不思議なものだ」と思った。

乙女ゲームの世界に転生していると気づいた時には、関係ない、私は平和に生きるのだと決めたはずなのに、なんの因果か、攻略キャラではないものの主要キャラのひとりと、こうして結婚することになっているのだから。

——どうして私はこの人を好きになったのだろう。

いくら考えても正しい答えは見つからない。だけど多分、きっと『ゲームではなかったから』ではないかとも思っている。

ゲームが始まらなかったから、ヒロインでなくなったから。

だからこそ、私は彼を選んだのではないだろうか、と。

自分の意思でこの人の手を取ることができた。それは、ヒロイン転生なんてものをしてしまった私にとってはとても得難いことなのだ。

そして、それはエリックも同じだ。

彼はゲームの流れを自ら断ち切った。

彼の方に自覚はない。だけど結果として、私を得るために、彼は本来の流れを無理やりねじ曲げた。

私を得ることを何より優先してくれた。私だけを選んでくれた。それが嬉しいし、だからこそ私も彼に応えたいと思うようになったのだ。

「……私を選んでくれてありがとう」

支度部屋を出て、お披露目をするバルコニーに向かいながら、エリックに言う。彼は笑って私に返した。

「それは君もだろう。なあ、君も私を選んでくれているか？」

「知ってるでしょ。もうとっくに選んでる！」

堂々と答える。でなければ、王妃なんてものになろうなんて思わなかった。

エリックが立ち止まる。そうしてやけに真剣な顔になって聞いてきた。

「他は要らないと言いきれるか？　……その、だな。たとえば、君の好みの男が今、目の前に現れたとして、その男と付き合っている女がいたら妬ましい、羨ましいとは思わないか？」

「エリックがいるのに、他に目移りするとかそういう話？」

「うむ。いやでも、あれだ。すごく……私以上に好みな男だとしたらという話だ」

「好み云々関係ない。馬鹿でしょ、そんなこと思う女。え、聞くことに意味あるの、それ？」

「いいから」

何を馬鹿なことを聞くのだろう。

呆れるが、エリックは答えを促してくる。仕方なく答えた。

「もう忘れちゃった？　最初に会った時にも言ったでしょ。羨ましいなんて思わないって。人は人、私は私だもの。欲しがったって仕方ないし、私は私の手にあるものを大事にするだけ。そして私の手にあるのはエリック、あなたよ。それ以外は必要ないし、欲しいとも思わないわ」

大切なものをすでに持っているのに、更に欲しがるなど意味が分からない。

そのせいで、今持っているものを失ったらどうするというのか。

人はたくさんを選べないし、持てない。

いくら悲しくても残念でも、自分がこれと決めたもの以外は手放すしかないのだ。

二兎追うものは一兎をも得ず。

前世の諺だが、実際、その通りだと思う。

欲張った結果、全部なくした……なんていうのはよくある話だ。

私はそうはなりたくない。大事なものは自分で選んだひとつだけ。それでいいし、そうでなければ、きっといつか後悔すると分かっている。

——更に欲しいものが現れたら？

知らない。そんなものは必要ない。エリックをなくしてしまう方が私は怖い。

「私はエリックを選んだ。だからそれ以外は要らないの」

一番で特別はひとつだけだと、真剣に告げる。

私の言葉を聞いたエリックは、何故かやけに神妙な顔つきになって頷き「そう言い切れることが君の強さだな」と呟いた。

「エリック？」

「いや、なんでもない。ただ、思っただけだ。多分それが幸せになるコツなのだと」

「ふうん？」

全てを吹っ切るように笑うエリックを怪訝な顔で見つめる。

彼は小さく頭を下げた。

「いや、すまない。つまらないことを聞いたな」

「本当、意味が分からないんだけど」

「いいのだ。私には意味があったのだから」

「そう？」

「ああ。ちなみに私も君だけを選んでいるぞ。他は要らない」

「知ってるけど？」

わざわざ言ってくれなくても、私を正妃にと望んでくれた時点で知っているし、信じている。

というか、さっき「ありがとう」と言ったばかりではないか。

「うん、うん。やはりそうでなくてはな」

「……」

ひとり納得したように頷いているエリックに不審な目を向ける。

結局、何が聞きたかったのかよく分からなかったけど、エリックが納得しているのならいいのだろう。

私はそれ以上気にするのをやめ「さ、行きましょ」と婚約者となる人の手を引っ張り、皆が待つ、バルコニーへと向かうことにした。

そんな私にエリックは苦笑し「やはり私は心根の強い女性が好みのようだ」と言ったが、そんな自覚はないし、到底自分が強いとは思えないので「好みと現実は違うのよ」と窘め、黙らせるため彼を引き寄せ、その唇に思い切り口づけた。

あとがき

こんにちは。月神《つきがみ》サキです。

前回からあまり間を置かずの発売となりました今作、楽しんでいただけましたでしょうか。

やっぱり乙女ゲーものは楽しい。

非常に書きやすくて、すらすら筆が進みました。

今回、乙女ゲームものを書くに当たって考えたのは「悪役令嬢ものとヒロイン転生ものを一緒にしたらどうなるか」でした。

悪役令嬢に転生して、殺されないように頑張るのは鉄板です。そして攻略対象キャラたちに惚れられるのもお約束ですね。月神もよく書きます。

でも、その世界線にヒロイン転生してきた女の子が出てきたら？

しかも別に悪い子とかではない。ヒロインに相応しい普通に『良い子』なのです。

前世の記憶だって持っている。

さて、この場合、どっちが主人公になるのか。

考えた結果、ヒロイン転生の子を主人公とすることにしました。

推しを悪役令嬢に攻略されてしまった女の子。でも、本人はあまり気にせず、自由に生きることを選択します。その結果、何故か攻略対象外のキャラに好かれてしまう。

今回のポイントは『推しを諦められるかどうか』でした。

悪役令嬢のリリスも、推しを諦めることさえできれば幸せになれたのです。でも、彼女にはそれができなかった。

あとは『二兎追うものは一兎をも得ず』でしょうか。

一挙両得とはいかないのがこの世界。ひとつだけを望むことでヒロインは幸福を掴み、逆にリリスは願わぬ結果となった。色々考えながら読んでいただければ嬉しいです。

さて、今回のイラストレーター様はウエハラ蜂《はち》先生です‼

もう、一年以上前から楽しみにしてきました！　今回、カバーイラストを見せていただいた時も「最高」以外の言葉が出ませんでしたよ。タイトルとか要らないんじゃない？　絵だけで十分過ぎる……。

ウエハラ蜂先生、お忙しい中、美しいイラストを本当にありがとうございました。素晴らしかったです……！

ではでは、今回はこの辺りで。

お買い上げありがとうございました！　また次回、お会いできますように！

月神サキ

捨てられ令嬢ですが、
なぜか
竜帝陛下に
貢がれています!?
Inusaki
犬咲
Illustration
北沢きょう
陛下の偏愛はスケールが
大きすぎますっ！
フェアリーキス
NOW ON SALE
公爵家に捨てられ、庭師のもとで育った少女レイ。庭師見習いの少年として素性を隠して生活する彼女の趣味は、理想の白薔薇を育てること。そんなある日、気まぐれで傲慢と噂の竜帝ノヴァにレイの薔薇が気に入られ、「私の花係《もの》になれ」と直々に告げられる。絶対に身バレしたくないレイは咄嗟に断るが――「必ず諾と言わせてみせる。覚悟をしておけ」そこからノヴァの怒涛の、でもちょっと斜め上なアプローチが始まり!?
フェアリーキスピュア
F fairy kiss

一目惚れした王子とされた私の
七日間の攻防戦
Saki Tsukigami
月神サキ
Illustration KRN
逃げる魔女 ×
追いかける王子
フェアリーキス
NOW ON SALE
忌み嫌われる魔女の力を持ってしまったことで、貴族令嬢としての恋や結婚を諦めているヴィオラ。身元を隠して魔女見習いをしていたある日、一目惚れしたという貴族紳士からいきなり求婚されてしまう。断固拒否するもお互い名を明かさないまま交流をすることに。彼の飾らない人柄に惹かれるが、なんとこの国の王太子フェンネルだった。絶対に正体を知られるわけにはいかない！情熱的なアプローチに心揺れながら、悩むヴィオラはある覚悟をして!?
フェアリーキス
ピュア
fairy kiss
Jパブリッシング　https://www.j-publishing.co.jp/fairykiss/　定価：1430円（税込）

逆行悪役令嬢ですが溺愛王子と処刑フラグは要りません！
月神サキ
Saki Tsukigami
Illustration
鈴ノ助

乙女ゲームに転生したら、悪役令嬢が推しを攻略していました。仕方ないので諦めて自由に生きようと思います。

著者　月神サキ

2024年1月5日　初版発行

発行人　藤居幸嗣

発行所　株式会社 J パブリッシング
〒102-0073　東京都千代田区九段北3-2-5 5F
TEL 03-3288-7907　FAX 03-3288-7880

製版所　株式会社サンシン企画

印刷所　中央精版印刷株式会社

ISBN：978-4-86669-634-8
Printed in JAPAN